ER男丁格爾

李彥範 著

推薦序

一本幫忙大家瞭解護理人員的好書

和信治癌中心醫院醫學教育講座教授 賴其萬

非常感謝經典雜誌總編輯志宏兄給我有「先睹為快」的機會看完這本書，也十分樂意與榮幸能為這本書寫序。

這本書最特別的是作者係一位男性的「急診實戰」護理師。我在美國工作時，經常感受到精神科與急診處的男性護理師是一群充滿自信的醫療團隊不可或缺的成員，但在臺灣這習慣於「醫師先生」、「護士小姐」性別刻板印象的大環境，我們的男性護理師成了「稀有動物」，因此這本書描述作者求學與職場的遭遇使我開了不少眼界。作者李彥範護理師雖然在字裡行間坦承「大男人」在護理這行業的「不方便」，尤其要接受學姊的指導與「被電」，也的確會有額外的心理負擔，但透過他活潑動人的文筆，我非常高興看到他對護理教育與照顧病人的成就感一點都不亞於女護理師，尤其在他多處提到南丁格爾時，所引用的文字資料在在讓我感受到他對護理專業的自信與驕傲，令我替台灣的護理界感到欣慰。

由於作者是專職於急診處的護理人員，透過這本書，幫忙我們了解急診處的醫護人員所面臨的「全方位照顧」的複雜性、緊張性，照顧如酒醉鬧事、自殺病人的困難度，以及在其專業崗位上所觀察到的如愛滋病、同性戀所遭受到的社會偏見。同時也透過這本書讓我們更了解護理人員在工作上所承擔的情緒壓力。

在閱讀此書時，使我想起我在一九九八年回國時最先就是加入慈濟醫學院的行列，而看到作者是慈濟畢業的護理系學生特別感到親切，看到他描述花蓮的一些地方、活動，也使我重溫舊夢，備感親切。我也很高興看到這位虔誠的基督教徒能如此快活地參加慈濟佛教團體的救災、醫療活動，並且在佛教醫院從事專業工作中，不忘引用基督教聖經的話，鼓舞自已繼續追求救人助人的理想，這種超越宗教的境界著實讓人動容。

這本書讓非護理專業的社會大眾或其他醫療人員有機會了解護理人員的培育過程是多麼艱辛，而更能體會最近臺灣社會非常關心的「血汗醫院」對護理人力的不合理待遇。相信這本書可以幫忙社會、醫院以及其他醫療專業人員站在護理人員的立場，體會護理這行業的心身奉獻。作者在書中寫的一句話，「護理人員被壓榨是其次，病患的生命安全被忽略才是可憐，到底怎麼做才能解決護理人力荒呢？今天，是臺灣的護理人員在哭泣。明天，或許會變成家屬或病患在哭泣。」使我悚然而驚，但願臺灣的社會可以給予勞苦功高的護理人員應得的尊重，這絕不只是薪資的調整而已，而是工作質與量的合理化，我衷心地希望這不要演變成醫院管理與護理人員的對立，而是彼此能以病人的福利為最大的考量。

寫到這裡，不禁想起去年在某醫學院畢業的一位醫學系學生寫給醫學院院長的一封信。他說他在畢業後當兵前選了大學附屬醫院的兩個護理站，各自當了兩個星期的護理志工，做了白天班、小夜班、大夜班，而很有感觸地說他終於有機會真正了解護理工作人員的辛苦。他語重心長地建議院長，所有醫科同學在學中應該都要有這種經驗，而這也正是最近醫學教育所重視的「專業間教育」(inter-professional education)，認為我們需要讓醫療團體的各種成員在培育過程中彼此了解互相不同的角色，將來才能更融洽地互相配合，以照顧好病人。我相信這本書也能幫忙醫學生與醫生了解我們最重要的醫療夥伴護理人員的工作與心聲。

最後我要恭喜作者寫出了這本好書，我更希望因為這新書的問世，尤其是這本書的「後記」所展現的對護理專業的信心，可以使更多的優秀人才加入護理專業。同時我更冀望他的心路歷程可以使更多的男生不再視護理為畏途。我深信護理專業不應該只限於女性，男性護理師也一定可以在這園地打出一片天，用事實來說服社會大眾，改變性別意識的刻板印象。

推薦序

急診守護者

花蓮慈濟醫院急診部主任 胡勝川

急診給人的印象總是忙、亂、吵，急診的暴力威脅更是令醫護同仁望而怯步的主要因素之一，因此大多數醫師或護士都不願意走急診這一科。更有一句笑話是說：「在急診能待上三個月就算是資深護士了。」

不過，急診縱有萬般的不符人性思惟，卻也有令人喜愛的特徵，例如它的「彈性上班制」較易規劃個人的休閒生活；「各班自行負責制」給人乾脆俐落的感覺；非上班時段絕對不會有人打攪你，除非是發生大量傷患的時候，或者班內有未完成事項被叫來追補。在這個社會上總還有少數人，就是因為這些迷人的特徵符合個人性向，而投入急診的行列。所以，急診是不會打烊的。

急診，也不能打烊！它是社區的健康守護神，是民眾緊急醫療事故的保護傘。所以，只要民眾有任何緊急的不適來到急診，我們都不會拒絕。然而我也要誠懇地呼籲我們民眾，如果只是傷風感冒的小毛病或是慢性病，最好去看門診，以免浪費了急診資源，耽誤了真正有生命危險的病人。

不可諱言，有許多人對急診存有誤解，以為來急診的都是危急的病人，來急診就是要馬上看，否則怎麼叫「急診」呢？其實這些都是錯誤的觀念。急診的核心價值是「搶救病人的生命、維護病人的權益」，碰到二難的議題時則要「以病人的最佳利益做優先的考量」。所以我們有「檢傷分類」，我們也經常在扮演「黑臉」的角色，如果你能瞭解急診的任務特性，當能對急診人的「盡忠職守」多所體諒。

李彥範護理師是本院很優秀的資深護理師，平時並不多話，待人溫和且顯靦腆，對人物、事情的觀察比一般人還要細膩深入。更難能可貴的是在繁忙的工作之餘，將觀察所見透過生花妙筆記錄下來，俱見詼諧風趣之神韻，急診人讀來感受格外深刻且親切，或心有戚戚焉地心領神會，然後發出會心的一笑，應可稍緩平日工作帶來的緊繃身心。非急診人或一般民眾讀來，功能猶如揭開急診神秘的面紗，可對急診有更正確的認識，破除對急診的誤解。

再次感恩彥範護理師完成這本小品，可以增進護病、醫病溝通，更讓我們急診人在工作之餘可用來消遣及紓解壓力，休息是為了走更長遠的路，讓我們一起來「守護生命、守護健康、守護愛」。

推薦序

看見護理工作的愛與堅持

花蓮慈濟醫院護理部主任　章淑娟

護理工作是一個須專業又具備人文素養的行業，在醫院，不論服務對象是什麼樣的三教九流，護理是持續二十四小時與病人接觸的行業，不僅在專業上牽涉病人安全、人命關天，和病人及家屬的人際互動上又要親切關懷，才能療癒病人的身心靈。另外，護理工作還需與其他醫療專業人員密切合作，溝通協調需要經過相當的歷練才能平順歡喜，再也沒有比護理更需付出體力和心力、具備堅忍精神和人生智慧的行業了。

本書作者李彥範，一位虔誠的男性基督徒在佛教醫院執行傳統上由女性擔任的護理師工作，寫下從菜鳥到充滿自信的經驗，過程中夾雜汗水和淚水，有心理的衝突和歡樂喜悅，經歷了種種的磨練和考驗；除了堅忍不拔的精神之外，一定是有什麼樣的力量吸引著彥範在臨床持續擔任十年的基層護理師工作並且脫胎換骨。

從本書看到了男性護理師初次從事臨床工作所面臨不同性別的尷尬，以及女性護理人員對男性在專業表現與發展的期待；因為關乎病人安全，醫療環境極具壓力，護理工作的專業要求會比其他行業更為嚴格，一個菜鳥被在同樣壓力下的資深同仁嚴格指導，適應過程是相當艱辛的。而面對不符合自己道德標準的病人還得忍受其不良習氣去照顧他，彥範很露骨實在地道出醫院內新進和一般護理人員的心聲。在工作過程中他也發現工作環境的問題，在男性的粗獷中又不失其細膩的觀察力和對人的關懷。也看到彥範寫下了帶給病人微笑的成就感，這也是護理同仁珍惜的回饋。

很高興彥範在信仰的引導和周圍環境的支持下，終能「甘願做，歡喜受」，持續護理生涯，並從專業生涯歷練中，發展出自己對生活的智慧。在媒體不斷放送護理工作辛苦是沒人要做的苦差事等種種抱怨聲中，彥範的這本書青春率性地傳達出他本人對護理工作的清楚明白與堅定熱愛，體驗到這個行業的意義和價值，而願意繼續投入成為志業。相信每一位線上的護理同仁都可以在文中找到自己曾經奮鬥過的片段和心情轉折。投身護理工作近三十年的我，更期待即將畢業的學子與年輕的下一代，能從彥範的文字中看懂護理工作的價值，願意加入護理職場為民眾的健康打拚，一齊努力。

推薦序

HN眼裡的範範

花蓮慈濟醫院急診護理長　陸家宜

「我們單位又要來一位男護士，慈大畢業，但是剛剛由吉安消防隊當完替代役，我擔心他不好帶，太過油條！所以要找一位嚴格一點的！」當時的護理長是這麼對我開場的。

那年，我身為急診單位的副護理長，對於帶新人當然是責無旁貸，但因為之前已經安排休假出國旅遊，所以跟護理長商量：「若都給朱媽（另一位嚴師）帶，怕朱媽壓力太大，若能用兩位輔導員，我先帶完前兩週後，再給朱媽帶，我想這麼一來他會粉強的！」於是就這麼決定了範範的悲慘命運！

某天一位急診資深護理前輩得知他的兩位輔導員是誰之後，不禁跟他豎起大拇指說：「學弟！你居然還活著！」

報到的第一天，範範竟然自己來到單位，讓我們都錯愕不已：「不是該由督導帶領你來嗎？」心想，居然第一天報到，就這樣異類，真該好好輔導！結果範範一臉無辜的回答：「我上個廁所出來，督導人就都不見了，我想我又不是不認得路，所以就自己過來啦！」

聽聲辨人，仔細一看才發現：「咦～這位李彥範，不就是那位雞婆的EMT（緊急救護技術員）嗎？」原來有一次假日，急診忙翻了，突然發現一位替代役的EMT站在我們準備室裡，而且手上拿著「氣送筒」，彼時，忙得吃飯都沒空了，也顧不及禮貌就質問他：「你在做什麼？」

那位EMT很無辜地回說：「我看你們很忙，氣送系統一直叫都沒有人有空處理，所以我幫你們按掉它呀……」雖然當場頭冒五條線，但心想，第一次看到這麼熱心的EMT啊！而那位EMT，就是我眼前的「範範」！

後來，趕在出國前，Lulu姊我每週都會幫他考試，還要檢視他的筆記本，以瞭解那一週所教的，他到底吸收了多少？

記得每次都想很認真的看他的筆記，但是後來都會變成又好氣又好笑，因為筆記旁邊他都會多加一些OS（旁白）註解：「Lulu姊滿嘴英文，真恐怖……」等等。等我出國回來，他的筆記本更加豐富，也更加好笑了。不過，有些內容卻讓我很納悶，比如說：「量完耳溫要記耳溫套、量完耳溫要記耳溫套、量完……」十遍！一問之下，才知道那些是他容易遺漏的事，朱媽請他寫十遍。雖然發現他該完成的技術考試還有一半以上未完成，只得加緊趕工；但現在想想，幸好當初把他留了下來。

一轉眼，已經升上N2的範範來急診六年多了，從一天到晚被嫌棄的、常會有學長姊來跟我抱怨他有許多問題的菜鳥護士，變身為已經獨當一面，底下開枝散葉的超級學長！其實範範曾經陸續寄他為抒發心情所寫的文章給我看，看了真是又好笑又感動，他以一位急診專業有點菜的男護士角色立場，來看待這所有發生在急診的人事物，對某些人物刻畫之經典（幸好他好像不太敢寫我～笑），讓人捧腹大笑；對某些真實發生的事情，又讓我們看了不免辛酸難過，心有戚戚焉。

時光飛逝，又過了四年，在範範歷經其他單位訓練，升上夜間值護副護理長的此時，終於讓我等到了範範那時在急診的心靈筆記出版的一天。

而我也該認真推薦一下我們範範，他真的是一位認真的好護師！臨床上照護如果遇到問題，他一定去查閱資料然後跟大家分享。他也是一位個性脾氣很優的好男人，對許多事不太計較，也很好騙，就如我們一起去北京參加護理研討會時，最經典的就是他寄兩張明信片花了六十元人民幣，而我們在大會建議住宿的酒店買郵票，一張明信片只花了四點五元人民幣。糟糕！又忍不住爆他料了，還是就此打住！

希望大家都能喜歡這本書，喜歡範範！希望護理人都能喜歡自己的護理工作，不論是在那個單位！希望大家都能堅守在自己的護理崗位上唷，一起加油唄～～

註：ＨＮ，「Head Nurse」的縮寫，意指「護理長」。

目錄

急診實戰篇

尋找情緒的出口

我們都是一家人

急診新鮮人

重返起點

為了完成醫師的醫囑，我常常對一個完全不認識的女子——通常是上了年紀的人說：「請問是×××女士嗎？妳好，我要幫妳做一張心電圖。」

你知道嗎，在我所處的工作場合，身為堂堂男子漢的我必須對一個見面還不到半分鐘的女子，神態自若地問她：「上次月經來是什麼時候？還記得是幾月幾號嗎？」（註一）

而為了完成醫師的order（醫囑），我常常對一個完全不認識的女子——通常是上了年紀的人說：「請問是×××女士嗎？妳好，我要幫妳做一張心電圖。」對方通常都得乖乖地掀起衣服，露出她的私密處讓我完成該做的事。

從開始在急診工作到現在，我總是被操控著，有時被忙碌的工作操控著，有時被巨大的壓力操控著，有時被怎樣都處理不完的醫囑操控著，有時被單位其他醫護人員的評價操控著。而在層層擠壓下，我在意著，何時能達到單位要求的期望？我在意著，何時能有足夠的信心面對一個又一個急待克服的難關？

甲學姊說：「你要熟悉routine（例行）的工作啊，這樣做起事來才能又快又順手，也才能讓人家覺得你很smart（聰明）。」乙學長說：「你要趕快搞懂單位的各種工作運作流程和各種常見的疾病治療照護，我才能帶你往外發展，不然時間一拖久，你就變成我手中的一個廢棋了。」丙學姊說：「你的態度要表現得積極一點，雖然你不是這一批新人中排最後的，但你態度還是不夠積極。」丁學姊說：「來那麼久了，居然一堂課都沒有去上？你要加油啊！一股作氣地晉級上去。」

而我，就在工作與他人的評價中，繼續地勞碌，持續地迷失。

忙碌中，我已經忘記當初決定要繼續走這一行，是為了要幫助「人」。希望他們在痛苦需要幫助時，我能給他們最及時的協助，我能給他溫暖的安慰，我能幫他減輕一些肉體或心靈上的痛苦，但我卻因為龐大的工作量及壓力，仗著「醫護人員」身分的特權，在短時間內去收集病患的資料及病情，而可以不顧病患的隱私權及選擇權，雖然大部分的病患在踏入醫院的那一刻，早已一廂情願地相信醫護人員會盡一切努力為他除去病痛，所以他可以放下身段任醫護人員詢問他任何問題。我也一廂情願地認為我是為病人好，做了許多幫助他的事。而那些不領情的病人或詢問過多問題的家屬，就被歸類為太會喃喃自語抱怨、太難搞的病人。

忙碌中，我應該顧不了其他，但我卻能分心分出時間，開始在乎這個學長怎麼看我，那個學姊怎樣評斷我，我在單位有什麼價值。但我卻忽略了，當初選擇這份工作，是因為想藉由這條路當作服事神的一條路，我總去在意一些根本不需在意的，卻忽略了最重要的事：在眾人的眼中我有什麼樣的價值？在我自己心中又是個有什麼樣價值的人？透過學長、學姊對我的評價，我早就把自己貶得一文不值。我忽略了自己一直是上帝眼中的寶貝，也忘了自己曾是一個那麼敏感、那麼愛體驗及感受生活週遭一切的人。

努力把自己從N1進階到N4（註二），是我要的嗎？我不知道。努力做個能被單位的其他同事肯定的人，是我想要的嗎？我不知道。這條路要怎樣的走下去？我也沒個肯定的答案。但我知道，我已經離親愛的上帝好遠好遠，是該回到祂身邊，求祂陪我一起成長、陪我走這條我要繼續走下去的路。

再次換上白衣，走入急診室，我的浪子回頭，是該起身了……

註一：剛進急診掛號的病患，要先經過「檢傷分類」的步驟，確認病患是危急要立刻處理的病人，還是不危急可以晚點處理的病人，和門診先到先看或按號碼看診不一樣。而通常女病患到了檢傷分類站時，當班護士會先問對方是否有懷孕或者上次月經什麼時候來？因為在做X光、電腦斷層等放射線檢查時，若是懷孕的話可能會讓胎兒生出來變成畸形兒。

註二：護士在醫院有進階制度，除了工作外，還要上進階課程、研習會、交讀書報告、個案報告、取得急救證照等，符合醫院進階的規定後就可以往上進階，N1是最低階，N4是最高階，通常護理長都是N3、N4資格。

被電

學姊們聊起當年還是個新人時，被老人家臭罵的那段經歷：下班時，走回宿舍的路上，眼淚就會開始掉下來，直到哭累了，還是得上床睡覺。

不論是哪個醫生或護士，不論資深或資淺，每個人一定都曾問過自己一個問題：「我真的那麼一無是處嗎？」那種挫折感，彷彿是畢業後要學習的第一份功課。

在學生時期，你常常要挑燈夜戰，硬生生地吃下一本厚過一本的醫療知識，才通得過醫學院的養成教育，順利地拿到畢業證書。但一上了臨床，你會發現自己只是把過去所學的知識一本一本地疊在腦海裡，根本來不及在需要的時刻蹦出來靈活地運用，解決你所碰到的難題。甚至，更多時候，是你根本沒有碰過、也不知道該如何去面對和處理的窘境。

聽學姊們聊起當年還是個新人時，被老人家臭罵的那段經歷：下班時，走回宿舍的路上，眼淚就會開始掉下來，直到哭累了，還是得上床睡覺，第二天再繼續面對那群令人恐懼的嘴臉。「哪像現在的你們啊，不能打又不能罵的，還怕你們受不了、做到一半就跑掉了。」殊不知她們在少了不乾淨的言語之後，話裡仍舊帶著威脅、否定與嘲笑的成分。

有一次，我和學姊一起照顧留觀室的病人，因某個病患堅持要出院，而我卻找不到自動出院同意書給他簽名，身旁的學姊立刻脫口而出：「喂，你到底來多久了，還不知道單子放在哪裡，我很懷疑你真的有通過試用期。」順便再用鄙夷的眼光掃了我幾秒當作結尾。當時我不敢有太多的情緒起伏，怕影響自己照顧其他病患的品質與態度。但其實有好幾天，我很不喜歡再見到那位學姊，也不想跟她說話，心裡常常暗自想像如何如何才能消心頭之怒。

像這樣的挫折感，在剛到急診工作的前半年，滿滿地填塞了我的胸膛，上班時間的每一個步伐都踏得很沉重。試用期帶我的兩個學姊，一個是單位的主管，一個是大家公認醫學學理最強的，但我獨立後卻表現得差強人意，速度無法跟上急診的節拍，也常常漏東漏西或少做了什麼，搞得其中一位會開玩笑地對別人說：「他不是我帶的，我只是在副護理長出國的這兩個禮拜『暫代』教導而已。」另一個立刻反駁：「妳也帶了兩個禮拜，要負起一半的責任啦。」這些話傳到耳裡，我也只能聳聳肩，故作輕鬆地說：「沒辦法，誰叫我不夠聰明機靈，她們又很不巧地、倒楣地帶到我。」只有在同期的新人面前，我才敢偶爾抱怨一下，戲稱她們一個是武則天，一個是拿著皮鞭的女王，讓我講話也都變得畏畏縮縮的，像個隨時擔心受怕又做錯事的小雜役。

其實，再資深的醫護人員，在照顧病患或例行工作上也會出錯，只是她們總能一派輕鬆地說聲：「哎呀，我真的忙到conscious change（註一）

了。」就一筆帶過。而我們新人犯的錯，總是會「昇華」成一個笑話（註二），在大家的資訊流動中心不停地快速流竄。一直到後來，我恢復了翻《聖經》、默讀神話語的習慣，才漸漸從「不斷地被別人否定」的深淵中走出來，找回一點自信。

學姊說：「這就是我們單位在緊張工作之餘，發洩壓力的方式之一，大家都是對事不對人，你也不要太在意。」雖然，我不太能理解她想要告訴我什麼，也不太能理解這句話有什麼涵義，或者只是為她們的行為做合理化的解釋。

再過幾年，等我也變成大家眼中的老學長時，我希望還能記得初生之犢的心情，對於新人，仍能多一分體諒，多一分包容，言語上只有鼓勵與安慰，而不要淪為其他新人眼中的「恐怖學長」。而在新人一個又一個進來，我漸漸成為學長時，我也曾經氣到罵學妹，也曾經沒有耐心教導學妹，也曾經被搞到快腦充血、心中一堆火。事後回想，我才真的體驗到，在這麼高壓的環境下工作，你要當個能夠體諒與包容新人的學長姊，確實不容易，也需要時間來學習。

感謝主，讓我有全單位表現最差的護士這一段經驗，在我走過之後，相信我給新人們的鼓勵與借鏡，一定更有用！

註一：conscious change指的是意識改變，護士最棒的才華就是頭腦靈活而且可以一心多用，但若是突然「出槌」，我們就會自嘲說自己conscious change。

註二：我犯過一個最搞笑的事，就是醫師要我幫某個病人打止吐針，因為直接打進血管會很不舒服，所以醫師要我把針插進點滴管後「往上打」，好讓藥物可以慢慢流進血管。但我聽成了「晚上打」，所以沒有執行這個醫囑，就推到留觀室交給學姊了。留觀室的學姊問我這個醫囑處理得如何，我回應說：「學姊，醫師說晚上再打」。她回說：「晚上打？啊現在不是就是晚上了嗎？晚上何時要打？」我立刻回去問醫師那個藥晚上幾點要打，醫師立刻笑到無法繼續打病歷。而這個笑話，在急診室流傳了三、四年……

潛能

我在想，千手千眼觀世音菩薩當初是不是看到了急診醫師、護士的忙碌，所以才深深體悟到：一雙眼、一雙手是不夠用的，千手千眼才有保障！

急診工作，最讓我感到不安的，就是有太多、太多的未知數。

你永遠不知道下一個來的病人，只是小感冒還是需要CPR；也永遠不知道，樓上的病房及加護病房被塞爆時，病人是否依然如過江之鯽，不停地送來急診留觀；或許這一刻閒到診間只有一、兩個病人，但下一刻病人就多到病床不夠用；或許這一刻大家認為留觀室裡兩個護士照顧四個病人太浪費人力，但下一刻護理長就得到處找護士，因為急診旁的走道已經拓展成臨時的留觀室，甚至急診的急救區已經架設急診加護病房，而樓上的加護病房早已滿床，同時鄰近的醫院或救護車，仍然不斷送來一個比一個更嚴重的病人。

當了護士，我才深深地體認到那種無助和無力感。病人多的時候，我們的一雙手，永遠追不上醫師的一張嘴，醫師的醫囑如雪片般飛來，我們只能以衝百米的速度，劈哩啪啦火速地處理完該抽的血、該打的針，對於病人的詢問，尤其是打破沙鍋問到底的問題，只能用「簡答題」的方式回答，不然就得充耳不聞。

我也想盡其所能向病人和家屬解釋，他可能患了什麼疾病，所以要抽血、做什麼檢查，醫師已針對他的症狀用什麼藥物控制和治療，而平常的生活飲食應該注意些什麼……

但當病人看到白衣天使已經忙得披頭散髮，護士帽甚至快被雜亂的髮絲淹沒，卻仍然「拚性命」地做事時，就算心中有百種問題，也只能把滿腹的疑問往肚裡吞，然後趁著醫師、護士有空時才敢開口，像個小媳婦般戰戰兢兢地提出他的問題。

當然啦，也是有那種以「捍衛自己權利為優先」的病人和家屬，清楚知道自己有權利瞭解為何要被扎針、抽血，為何要吃這種藥，所以他不會考慮醫護人員有多忙多累，一定要先向他解釋清楚再說。不管一位護士要照顧多少病人，「立刻解決病人的疑問和病痛」本來就是護士該負的責任。

我在想，千手千眼觀世音菩薩當初是不是看到了急診醫師、護士的忙碌，所以才深深體悟到：光是一雙眼、一雙手是不夠用的，千手千眼才有保障！

不過，人總是有無窮的潛能可以開發。

記得一個風清氣暖的夜晚，急診間的病床都躺滿著病人。在我快要被大量醫囑淹沒而瀕臨崩潰之際，身為護理人員的我放棄了與醫師決裂的念頭，選擇開發自我的潛能——不抱怨，要求自己盡量做就對了。

原本打點滴的技術只能算普通級的我，那天猶如被「注射聖手」附身，不論病人血管再細，還是血管只出現在手指間或者手掌上，都可以打上點滴。每當病患事先說明他的血管很難打，或者學姊及實習醫師跑來找我支援無法打上點滴的病人，只要我出手，一針就能找到血管，那種成就感，讓我驕傲得全身飄飄然，感覺頭頂都快撞到天花板了。

雖然那天表現得還不錯，不過我並不喜歡那天的我。因為我知道，為了趕緊做完我永遠做不完的事，我的語氣變得每句話都像是命令，譬如說：「先生請『你』躺到床上，我要幫『你』打針、抽血，並打止痛針。」

我多麼希望有多餘的時間，可以好好地向他解釋，因為他肚子痛，所以我們必須抽血檢查，看看有沒有被感染的狀況？或者是不是可能胰臟或哪裡發炎？而打點滴對他有什麼幫助？止痛藥的作用其副作用是什麼……

但是，那一天的我卻做不到。我只有一雙手、一張嘴、一次只能打

On Cath

誰知軟針一打下去，血管根本壓都壓不住，像不用錢般地「血～染～病～床～！」抽完了血，畫面慘不忍睹，好像阿嬤剛剛被我捅了一刀。

大學時期，一路苦撐過來，當時感到壓力最大的，莫過於當個小小實習生，開始穿梭於醫院，照顧一個個素昧平生的病患。

在實習教室，同學們互相用生理食鹽水在對方身上練習ＩＭ（肌肉注射），在假人身上練習ＩＶ（靜脈注射）；一旦假人瞬間變成了一個個眼睛會轉、痛會叫，甚至會罵髒話的人時，你的手會因害怕而開始顫抖。

誰知道，真的進入職場當個帥氣小護士時，和護生時期相比，完全變了樣！

當護生時，一次只要照顧一個病人，可以慢慢來，先仔細地看這個病人要檢驗什麼血？而這個血要用紅管、綠管、灰管、藍管、紫管等哪種試管收集？這種檢驗項目要抽動脈血還是靜脈血？還可以慢慢地翻書，對仔細、確定了，再喜孜孜地跑到實習老師面前，一起對醫囑，確定該留的血及檢體試管是否正確。然後老師會先幫你複習好要準備的東西以及抽血的技術，再陪你到病患面前跟他解釋，並看著你抽血，等抽完血、打好點滴，老師再告訴你剛剛哪裡做得不好，就這樣一個小時不知不覺地過去了。

哪知我一到急診工作，每天打針的次數，打破我三年來實習所打針次數的總合，甚至是倍數成長。誰有空讓你慢慢對醫囑，一眼掃過，就要知道抽哪幾管，CBC（血液檢驗）？BCS（生化檢驗）？B/C（血液培養）？blood gas（動脈血）？然後霹哩啪啦地趕快把點滴備好、檢體試管抽好，就拉著IV車（注射工作車）衝到病患面前打針。有時候，病人一多，學姊會來幫你處理書面醫囑，然後就開始指揮：「你這個病人要接N/S然後抽兩管加ethanol（酒精濃度）。」不到一分鐘，學姊又隔空喊話：「等一下轉個頭，幫你隔壁的病人抽CBC、BCS、B/C兩套、APTT。」當我執行完第一個，轉個頭準備弄第二個，學姊又喊了起來：「等一下幫最旁邊的病人抽CBC、BCS順便扎個blood gas。」老天爺，地下錢莊也沒催得那麼急！

我不但要看病人臉色，還要看病人氣色。氣色不好，如常年臥床的病人，血管細得跟微血管一樣，最細的cath（軟針）可能比他的血管還粗。有些人的血管粗歸粗，但它就是愛左扭右轉不讓你打到，病人驚訝地看著你把針打進去、又抽出來、又打進去，就是沒一滴血跑出來。有些血管不好找就算了，還長得短短的，軟針無法完全推進去。有時候手完全找不到血管（連手指也找不到），只好打腳的血管，腳的打不到，只好跟護理長或學姊求救，請她們幫忙。記得有個最慘烈的阿嬤，就是傳說中的微血管皮膚，硬生生地挨了八針才被打上。

當然，我也有那種很驚悚以及很奇妙的打針經驗。有次一位阿嬤因為蜂窩性組織炎，一堆膝下兒女孫子把她帶來掛急診，我依著醫囑幫她打針抽血，誰知她的手背和前臂的血管都跟我避不見面，好不容易被我在手肘處發現了一公分短短肥肥的血管，誰知軟針一打下去，血管根本壓都壓不住，像不用錢般地「血～染～病～床～！」抽完了血，接上點滴，畫面慘不忍睹，好像阿嬤剛剛被我捅了一刀，學姊及家屬的責怪蜂擁而至。

此外，我也曾經碰過一個阿嬤，兩個學姊對她都沒輒，兩人手一攤，要我來試，而我卻在阿嬤的大拇指找到一條微血管，順利地抽到血，並接上點滴，揚揚得意不到一分鐘，卻又被另一個病人的血管打敗。不過，有時還滿窩心的，家屬會偷偷在旁邊讚美我，說這個男護士英俊、技術又好，害我一度以為自己累到幻聽幻覺出現了。

天有不測風雲，人有旦夕禍福，請各位平常在家多多做運動，尤其是手部運動（譬如重量訓練啦、關節張握運動、甩手等等），把血管養大點，不然哪天進了醫院，要被打針、抽血，你要護士大部分都是一針王（打一針就上的天王），是不太可能的。多挨幾針，唉，在所難免。以上就是我的打針心得，報告完畢！

忙碌

醫師、病人和印表機以及各個護士的叫聲此起彼落，比菜市場還吵。我怕再繼續下去，會忍不住地衝到急診大門，把門關起來不准病人再進來。

一直覺得，自己想要的生活，是那種悠悠閒閒的。可以自在地在河裡游泳；然後躺在石頭上，看著一片枯葉從樹枝跌落到懸崖，再隨著片岩和山峰的走向，左飄右點地落到河裡；再看著天上的雲緩慢地演出它的變化萬千，就這樣消磨一整個下午。

但是，從大學讀了護理系開始，我就感覺到自己的年輕歲月，已走向了一條忙碌的不歸路。而急診的工作，果然不讓我的直覺「落空」，極盡所能地挑戰我對忙碌的容忍度。

記得，是在過年之後值小夜班，不知是不是大家放完年假才甘心生病，因為放假時生病就玩不到、吃不到，那不是太可惜了嗎？這天，病人一個又一個地進入急診室，彷彿電影《魔戒》在急診上映一樣，人潮陸續而來。診間裡三個醫師左轉右繞地看著一個又一個的新病人，看完之後，再以迅雷不及掩耳的速度告訴你：「這個病人給他N/S（生理食鹽水），然後profenid（止痛劑）一半push一半drip，然後抽兩管兩套……」（註一）之後，又急著在電腦上霹哩啪啦地列印出這個病人的病歷。而當時的我，忙著請學姊幫這個病人做這個那個，然後趕緊撕下印表機上的病歷，把它整理好、貼在病歷本上。

診間的兩臺印表機，不斷地吐出熱騰騰的醫囑和病歷，在我卯盡了全力，但桌上仍被將近二十本病歷淹沒，而兩臺印表機列印的紙變得比聶小倩飛揚的彩帶還要長時，原本在忙著幫病人打針、抽血的學姊走了過來，我想機不可失，神速地跟她交了班說：「學姊，換你來做paperwork（註二，我去幫那個病人……」就這麼一溜煙地趕緊跑去幫病人抽血、打針、做心電圖。親愛的上帝，請原諒我這麼做，因為那時的我真的忙到快崩潰了，醫師、病人和印表機以及各個護士的叫聲此起彼落，比我們家樓下的菜市場還吵。我怕再繼續下去，會忍不住地衝到急診大門，把門關起來不准病人再進來。

當然，那一天的班少不了挨了幾頓罵，而我既沒吃到飯，也沒喝到幾口水，還累到下背痛好幾天。在熬過了天長地久、海不枯石不爛的八小時後，我終於可以喘氣休息。問題是，那天後遺症特別多，我和一個學姊沒溝通好，有十幾本病歷完全沒寫，我也傻傻地誤以為學姊說她都寫完了，再加上很多病人的靜脈留置針都打在腳上（註三），他們半夜覺得腳癢，搓啊搓地就把它搓掉了，搞得大夜班的學姊忙翻天。因為我是當班主護，學姊只是來支援的，所以帳都算到我的頭上，我不但又締造了許多急診的新紀錄，耳朵也承受了好幾天的責罵。

以後有新人來，我就可以大聲地鼓勵他們：「連我都可以在急診存活下來了，你也可以的。這裡的學長姊都願意讓我活著回去、活著來上班，你還有啥問題？」

註一：push指的是靜脈注射，抽好藥後直接快速打入血管中；drip指的是靜脈滴注，藥會加到點滴瓶中或者加到點滴精密刻度瓶中慢慢滴；抽兩管兩套血指的是抽兩管檢驗管，一管驗血液各種血球，一管驗血液電解質，兩套指抽兩套血做血液培養，看看是被什麼病菌感染。

註二：當時急診病歷尚未電子化，醫師用電腦打完醫囑列印出來後，護理人員要把醫囑旁邊空白的部分撕掉，整齊地貼在書面病歷上。有時候實習或新的住院醫師不熟悉，想到什麼醫囑就開，開一次醫囑，護理人員就要貼一次，這時你可能就會看到抓狂的護士在偷罵醫師「沒良心！」

註三：吊點滴時，護士通常都會先打一支軟針在靜脈血管上，然後才接點滴。許多病人手上找不到血管，就會打到腳上，脖子上，甚至鼠蹊部。請大家記得在家沒事多多做運動，一方面身體比較健康，一方面血管會比較粗比較好打。

輪班

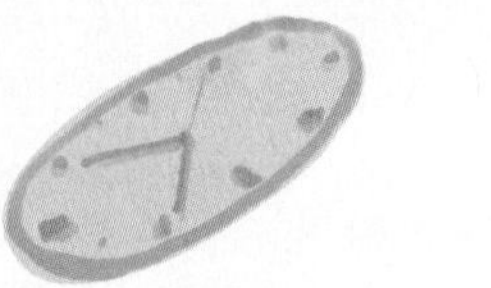

我拍拍肚子對肝說：「你啊，天生勞碌命，不能和其他肝臟一樣，在晚上十一點到一點的排毒休息時間。請你跟我一起輪班，OK？」

腦海中，一直深深烙印的一句靜思語就是：「甘願做，歡喜受。」

當我還在慈濟大學時，懵懵懂懂地看著慈誠爸爸、懿德媽媽（註）勉勵我們：「在慈濟的大家庭裡，女人是當男人用，男人是當超人用。」如今，我走進了臨床工作，和大多數的醫師、護士一樣，每天親自來體會箇中滋味。工作最累人的，不是上班的忙碌。上班忙歸忙，但學長姊、學弟妹們彼此都會相互幫助，會互相加油打氣，偶而聽到家屬或者病人的一句鼓勵，就會覺得再忙再累都值得了。有時下班後，大家還會一起相約吃飯；或者直接去K歌，唱到喉嚨啞掉；或者，回到家就立刻倒床而睡，疲倦和壓力就會散去了，第二天又是精神飽滿。對我來說，最累人的，莫過於輪班了。

老實說，當初會去讀護理系的學生，都是成績搆不上醫學系的（但推甄自願讀護理的除外）。不過現在可以留在臨床上工作的護士，可真的就是經過層層篩選後留下來的精兵。怎麼說？記憶力不好的無法當護士，否則你無法一次照顧這麼多病人。交際應酬手腕不好的無法當護士，否則你怎麼去當病患家屬和整個醫療團隊間的溝通橋梁？身體不好的無法當護士，否則你怎麼受得了每天在一堆病毒、細菌中工作？無法放下身段的不能當護士，不然你怎麼幫病人把屎把尿、清理傷口？睡眠品質不好的無法當護士，不然，你會被輪班的制度累垮。

護士的上班時間，複雜到一言難盡，要全部解釋的話，不是打字打到手斷，就是大家看到瘋掉。但是，以急診室來說，主要就是分為白班：早上八點到下午四點，小夜班：下午四點到晚上十二點，大夜班：晚上十二點到早上八點。

所以，有時候我們是白天上班，有時候是半夜上班。記得剛進職場時，適應得非常痛苦，因為整個生活作息完全被打亂，也幾乎沒有睡眠品質可言。譬如說，先上兩、三天白班，後來變成上兩、三天小夜，之後再上兩、三天大夜，放你一、兩天假調整睡眠時間，回來繼續上白班；但至少這是循序漸進的。有時候，今天上白班，明天居然變成上大夜班，我們只得拿著咖啡或者X牛猛灌。

我拍拍肚子對我的肝臟說：「你啊，天生勞碌命，不能和其他肝臟一樣，在晚上十一點到半夜一點的排毒休息時間。請你跟我一起輪班，

ＯＫ？你也知道啊，最會照顧別人健康的是醫護人員；最不會照顧自己健康的，也是醫護人員。」

親愛的病人，若是你看到我的臉比你還蠟黃，請不要擔心；若是你看到我滿臉青春痘，那不是我還年輕；若是你看到我比躺在病床上的你看起來還憔悴，請不要為我憂心。這些，都只是輪班和沉重的工作壓力的副作用。我也常常聽到許多學姊妹們聊天時說到，上班時忙得沒時間吃飯，所以下了班餓到不行，就會去大吃特吃，吃飽後回去睡覺，睡到上班前再爬起來去上班。醫院也統計過，有固定運動習慣的護士不到一成。因此，醫院才會開始大推特推健康促進，鼓勵大家運動。

印象中因為輪班輪到受不了的，是在進醫院後第三年的春天。那時候，單位的學姊、學妹們開始一個接著一個離職。有的是因為家庭關係，有的是因為讀書的關係，有的是合約一到就要離職了，前前後後幾個月，走了將近三分之一的人力。而醫院正在鬧護士荒，其他單位也缺護士，護理長Lulu姊一直拋出「人力需求單」，不斷向其他單位、督導等主管溝通，期望能有人來急診支援。畢竟，醫院不是公司，今天報表做不完可以先下班明天再說；我們服務的病人一分鐘都不能等，尤其是急診的緊急病人。

一個蘿蔔一個坑的工作，走了一個，其他護士就要犧牲假期或睡眠時間來替補。於是，我們開始了最誇張的輪班工作，連續上七、八天班，然後放一天假休息，之後再繼續。而這七、八天班中，可能有三天要上十二小時，因為真的生不出人力來了。而護士通常都會提早一個小時出門上班，因為上班前有一堆器械和單位財產要清點，確保病人的藥對不對，直到下一班來接班，處理完沒做完的事，又多了一、兩個小時，一天二十四小時有十四、十五個小時在工作，剩下的時間，就是回家昏睡。那一段黑洞的歲月，護理長和副護理長除了處理行政的事，也常常下來上班，一個上白天十二小時，一個上晚上十二小時，與我們同甘共苦。在那段捉襟見肘的日子裡，偶而會撞見壓力過大的Lulu姊，看著班表哭泣……我想，任誰處在這種情境，都很難甘願做歡喜受。

不過很感謝主，我碰到了一個好主管。她會盡量順從你的意願，讓你固定在同一個班別，讓同仁不會因為輪班的關係，操壞了健康，操壞了身體。

有些人或許會想問：「如果這麼缺人，沒有辦法放假，那假不就會一直累積上去嗎？這樣你們怎樣消耗掉那些假？什麼時候才放得了假？」

噓～～這是個不能說的秘密。護士們知道就好。

註：慈濟醫院邀請慈濟志工擔任護理單位的慈誠爸爸與懿德媽媽，定期到單位關心同仁的生活起居等，讓遠離家鄉工作的同仁，也能感受到大家庭的溫馨關懷。慈誠懿德會最早源自於慈濟護專，關懷對象為在校學生。

下班後

下了班，我們總愛讓高山清水幫我們充電，洗滌我們的心靈，讓我們在第二天又像一個充滿幹勁的斯巴達勇士，接受排山倒海的挑戰。

那一夜，我們躺在文山溫泉的池子裡，泡掉一身的疲憊。

一群下了班的小夜護士，身心靈早已被滿滿的工作脫去了好幾層皮，但步出醫院，看到滿天星空，大家決定上文山溫泉，好好地放鬆一下。

抬頭仰望，天空乾淨到一絲雲都沒有，只有一條長長的銀河帶、又大又圓的月亮，以及滿天多到刺眼的星星。而我們，窩在壯闊的太魯閣峽谷谷底，泡著暖暖的溫泉，讓剛剛所有工作的疲憊和不滿，都隨著汗水蒸發。雖然那時候並沒有流星雨，但幸運的我們，幾乎每十五分鐘就可以看到一顆流星。

「我希望花蓮的百姓都很平安，這樣我們工作就不會很累了。」學妹搶著許願。

「不對，你應該說宜蘭、臺東的百姓都很平安，這樣臺東、宜蘭的醫院才不會一直把critical patient（重症病患）轉到我們家。」學姊急著糾正她。

「不行，這樣我們會太閒，到時候沒有工作做，應該許願，讓生病的人平均分配到每個時間，我們可以順利的處理每個case，而不要常常忙得像個瘋子。」另一個學妹也發表她的意見，大家愈講愈高興，愈泡愈開心。安靜的山谷，溫柔地包容我們的吵吵鬧鬧。上班時，每個人都像被繃緊的橡皮筋，有時候會被學姊電到眼冒金星；下了班，我們就像一群朋友，讓彼此間的情誼更加緊密。

我們是活在桃花源世界的慈濟小護士。醫院的後面是高聳的中央山脈，前面是沒有盡頭的太平洋，往北走有世界級的太魯閣峽谷風景，往南行則是一堆埋在花東縱谷的溫泉向我們招手。上班的時候，像是走進充滿人生喜樂悲苦的白色巨塔，我們的體力，我們的心靈，常常就這樣被盡情地榨乾；下了班，我們總愛回歸到大自然，讓高山清水幫我們充電，洗滌我們的心靈，讓我們在第二天，又像一個充滿幹勁的斯巴達勇士，接受排山倒海的挑戰。

曾經，我們下了班，買一堆消夜，衝到美麗的七星潭，讓美食餵飽我們的肚子，讓海浪聲餵飽我們的心靈，就這樣聊到天亮，看著粉紅色的棉

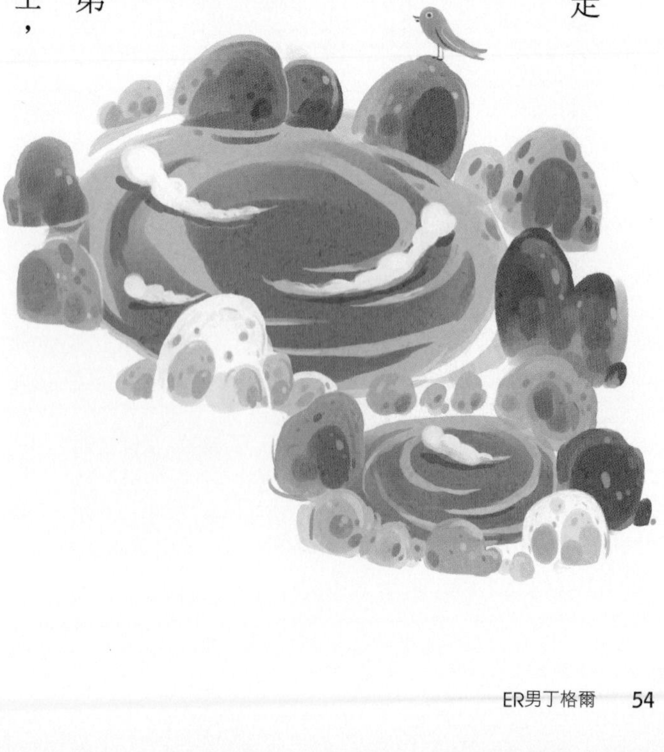

花糖雲彩，塞在海天相連的縫隙，看著海洋被太陽曬成金色地毯，才滿足地回家睡覺去。

曾經，我們臨時起意，去超商買一堆燒烤用具和食品，衝到太魯閣部落內的水源地，跳到瀑布下沖涼，陪著光屁股的原住民小孩跳水、打水漂。壯闊的清水斷崖，寧靜的鯉魚潭，仙界般的十二號橋溯溪，紅葉溫泉的淨質水源，瑞穗溫泉的濃郁泉水，二十公里長的海岸自行車道，還有隨處可見的山林步道，都是我們下了班後拋棄心情垃圾的集散地。

當然，也不是所有的人都嚮往大自然。幸好，花蓮有個很棒的影城，不會限制我們帶進愛吃的食物，而且旁邊夜市每個攤販老闆，都會提供會員卡讓我們買便宜的電影券，讓我們可以享受大螢幕、好音響的電影。但最受到我們單位醫護人員青睞的，還是影城旁那的花蓮唯一連鎖級的K歌店。上班時，我們是專業且有醫德的醫護人員；但在K歌時，有人搶著當走音歌王歌后，有人開始table show（晚餐秀），硬拉著沙發上的每個人握手，展現沒人捧場的巨星風采。在醫院裡，我們穿著白色的制服，展現護理的專業；在K歌時，學姊、學妹們變成了魅力十足的歌手。

而最不為人所知、卻最嚇人的，就是這群護理人員中充滿身材窈窕、潛力十足的大胃王。說到大胃王，最常聽到的對話就是：「小君，你怎麼看起來這麼高興？」「因為我剛剛吃了三份早餐啊，好滿足喔！」還有，許多小吃店家的牆上，會把所有的菜單掛成一排，通常大家去吃時都是跟店員說要點什麼跟什麼，但這群人點菜方式是：「老闆，先來個兩排墊墊胃。」嗯，第一個到最後一個菜單就叫做一排，我們習慣叫個兩排菜。

聽說，我來急診室工作之前，才是真正的大胃王全盛時期。當時下了班，大家相約去吃飯，她們知道護理長會遲到一、兩小時，所以先叫了滿滿一桌菜。菜才上桌半小時，就被大家清掃吃光了。這時，護理長來電說再十分鐘就到了，於是副護理長叫老闆娘趕快把桌子清理乾淨，等到護理長來了，早已又叫了滿滿的一桌菜，大家高高興興地吃完一餐，直到吃完了飯，護理長都沒有察覺到有任何異狀。

或許大家會覺得很奇怪，我們這麼會吃，為什麼還這麼瘦？其實很好理解，因為我們常常忙到沒空好好吃頓飯，甚至沒時間吃飯喝水。有時候，下了班回到家裡，洗完澡後，就累到眼睛無法張開，只想到床上躺一下，醒過來，已經快要上班遲到了。

親愛的病人，親愛的家屬，如果你們看到這群忙碌的身影，可以的話，也請回報一個微笑，跟我們說聲：「辛苦了，加油！」我想，就算我們被工作榨乾了，也會帶著滿足的心情離開醫院，下班去！

我是男護士

是的，我是男護士。除了跟病患自我介紹外，和病患講最多重複的話，就是澄清「我是男護士，不是醫生」這句話。

「醫生喔！啊是你卡厲害，剛剛小姐注射都打不上。」阿婆笑嘻嘻地讚美我。

「阿婆，我不是醫生啦，我是男護士。」我露出陽光笑容回應著。

「醫生，我媽媽還好嗎？剛剛她的抽血檢查和電腦斷層報告結果怎樣？」

「我不是醫生，我是男護士。你不用擔心，我會請醫生過去跟你解釋病情。」我再次露出笑容回答。

是的，我是男護士。除了跟病患自我介紹外，和病患講最多重複的話，就是澄清「我是男護士，不是醫生」這句話。

十年前，某些因緣際會，再加上成績失常，所以不小心考上了慈濟大學的護理系，當上護理系第一屆的學生。當時自閉的我，其實想讀的是農學院，和那些不會講人話的花花草草或者動物為伍。但因為家人的堅持，還是進了醫學院就讀。

護理這個行業，當時我也覺得是女人念的書，是女人做的行業，所以大學四年裡，總是羞於承認自己是護理系的學生，對外都宣稱是醫技系或者公衛系。雖然，大三、大四時，因為實習的關係，有機會接觸到很多同年齡不會有的經驗，譬如到加護病房照顧病人，站在開刀房和同學害怕地看著醫師剖腹接生小孩，帶著病童玩遊戲、畫畫，跟著失智症的阿公下棋，但因為太辛苦的關係，每每在和學妹們家聚時，我總嚷嚷著：「我一畢業就要轉行！傻瓜才會做這個辛苦的工作。」

直到在替代役期間等著退伍的某一天，為了打發當兵時的慵懶時光，我在圖書館借了一本閒書來看，是張文亮先生寫的《南丁格爾與近代護理》。這一看，彷彿聖靈的火降臨，燒亮了眼睛，燒起了熱情，燒起了整顆對上帝服事的火熱的心。

以前，學校教導我們：「護理是門科學，也是藝術。」但是書裡，寫出了那句對我來說非常重要、但卻被遺漏的話，南丁格爾說：「護理是門科學，也是藝術，更是服事上帝最好的道路。」我在學生時代，南丁格爾總是被歸類為苦行僧主義的代表，她的形象就是默默地犧牲奉獻，但老師們強調護理已經進步到成為一門專業科學，我們走過了浪漫主義，現在則是「以人為本」的存在主義；我進入職場後，醫院裡的主管們更是強調，我們和以前提燈的南丁格爾不同，現在是實證護理的時代，一切都講求科學和數據。

但是，書裡介紹的南丁格爾，卻是聰明又有創意，令我讚歎不已。她是公共衛生的始祖，為了改善當時的流行病——霍亂在院內傳染的狀況，將醫院設計成有很多窗戶和寬敞的走廊，讓醫院內部空氣流通，避免霍亂弧菌一直在醫院內積囤，造成更多人在院內二度感染，病情加重。

南丁格爾是第一個注意到營養學的護士，她發現到病患吃不衛生、不乾淨的食物，總是無法恢復健康，所以她堅守無菌概念，做出新鮮的食物讓病患吃。她也說過一句名言：「護士最重要的知識，就是醫學、公衛和統計。」無論她推行什麼政策，背後總是有統計數據的支持，和現代科學講求事實和數據不謀而合。醫院的急診室是南丁格爾的發明和創舉；醫管會的創辦人不是某位醫生，而是南丁格爾。此外，麻醉醫學的專業發展，使現在開刀的病人有麻醉藥可用，也得歸功於她的堅持。

特別的是，在鴉片戰爭的歷史中，南丁格爾是反對鴉片荼毒中國的重要成員之一，而長期與軍人為伍的南丁格爾，更為了軍人成立了軍中圖書館、康樂隊、軍隊銀行。最令人傻眼的是，郵局本來只負責傳遞信件，它之所以兼具儲蓄的功能，是因為南丁格爾提出了郵政儲金法。而性病防治法、原住民教育和原住民保留區等觀念和推行的源頭，全都來自於南丁格爾。鑑古望今，世界上沒有一個護理人員比她來得專業，比她來得更有創意了。

當初那個一直對學妹放話要離開護理界的我，當初那個不敢承認自己是護理系學生的我，現在天天忙著向病患和家屬澄清，我是男護士，不是醫生。走到現在，我相信真有上帝的帶領，就像聖經上所言：「耶和華揀選了那世上愚拙和軟弱的，叫那智慧的和強壯的感到羞愧。」

不可否認的，從護理人員的眼光看待醫師，因為工作的領域和學理知識有很大的交集區，他們是朋友，也是競爭對手。從入學分數比，醫學系遠勝護理系一大截；大部分的醫師英文比護士強，比護士會看英文資料，學習醫療新知比護士快。而護士無法拒絕的，就是必須by order（執行醫囑）。種種因素，逼得護理人員急著想走出專業的一片天。

醫學知識只要努力，就可以學習。但是，在照護病患的專業，讓病患能得到身心靈良好護理，卻是醫師沒有機會接觸學習以及超越的部份。而在品質管理、品管圈推動部分，護理界的努力也勝於醫師。醫療界出現了很多專業的前輩，而護理始祖南丁格爾，和他們並列比較時，絲毫都不遜色，甚至遠遠超前，這是每個護理人員都該引以為傲的。我不懂，為何有些人卻急著要將自己與她擺脫，彷彿自己是比較專業、比較先進的護理人員。而護理專業的比較，往往模糊了焦點，不再看重視病猶親、愛人如己的護理過程，而是比較誰懂得醫護知識多，誰最有能力，能用最少的人力做最多且有品質的護理工作。

我常鼓勵自己，在這個忙到沒時間吃飯、喝水、上廁所的工作裡，還能真的做到照護每位病患的身心靈。每每累到想要離職時，都會想到南丁格爾說的另一句話：「這個世界，不缺一流的醫生，但是欠缺一流的護士。」總覺得自己可以向她看齊，當起一流的護士。

南丁格爾的勇氣，只有《聖經》詩篇裡的一句話形容得最為傳神：「你要踹在獅子和虺蛇的身上，踐踏少壯獅子和大蛇。」在那個歧視女人的時代裡，眾人都以為女性護理人員只有陪傷兵喝酒的娛樂效果，但南丁格爾卻讓護士成為軍隊裡身心靈最深的依賴和安慰，也整頓了軍隊裡的敗壞風氣。而在醫療改革和創辦護理學校的每一步路，都在在展現她的強悍和鐵腕作風，徹底地強化了護理工作的神聖性，正符合了她所說的：「耶穌基督是我們職業的創造者。」

反觀現代，護士是醫院裡成員最多、最龐大、但也最默默無聲的一群。同樣都是專業，護理人員的薪水在醫院裡是屬於中等偏低，護理人員的福利也不比醫師多。想到這裡，真恨不得每個護理人員都擁有南丁格爾踐踏獅子的勇氣，勇敢的去爭取權益，讓更多的人，不論男性女性，都願意在這個福利不錯的行業裡，甘心樂意地燃燒自己、照亮別人。

有一段南丁格爾的話，相信可以鼓勵所有的護理人員：「許多人誇

全方位照護——護理人員的一天

一位好護士，會盡力照顧每個病患的身、心、靈和社會各個層面；他們會為了做好護理工作，讓身體、心思、時間全部都跟著一起耗下去。

大家或多或少都聽過護士抱怨每天有忙不完的工作，甚至常常延後三到六小時才下班，到底護士除了給病患打針、吃藥外，還在忙些什麼？

我現在以一個白天班留觀室的護士角色向大家報告一下。早上八點上班，差不多要提早一個小時到，先清點好「留觀班」該點的醫材器械，如果少了什麼就要立刻追上一班，便宜的器械如剪刀一把四、五百元，貴的器械如亞培幫浦一臺要二十幾萬，小護士薪水已經很少，我可不希望賺的錢都拿來賠東西。點完東西後要開始點藥品，你要確定所照顧的十二床病人沒有多一瓶針劑也沒有少一顆藥丸。如果數量不對，到底是多給、少給、還是漏給，都要追清楚。畢竟，「給藥異常事件」在醫院來說可是一件大事。如果離晨間交班還有時間，就要翻翻病歷，看看今天要照顧的是什麼樣的病人。

為了改善護理人員普遍英文不夠「輪轉」的狀況，晨間交班的時間，除了報告重要事件外，會安排同仁輪流讀英文文獻，若是輪到自己的那一天，就得好好準備與翻譯。之後各自交班時，上一班同仁會交待這個病人所有的狀況和入院治療的來龍去脈，他怎麼進來的？過去病史？過敏史？身體評估異常有哪些？做過什麼檢查？做過什麼治療？現在狀況怎樣？現在在等住院、開刀還是持續觀察？有沒有家人或看護照顧？有人為他訂餐或翻身嗎？今天還要安排哪些檢查……等到十二個病人的狀況都交完班後，除了要清楚十二個病人所有的狀況外，自己還要可以統整出來，哪幾床幾點給藥，哪幾床幾點該換點滴？哪幾床幾點要測血糖？哪幾床兩個小時要翻身一次？哪幾床要幫忙訂餐？哪幾床要先趕快安排做胃鏡／超音波／電腦斷層？哪幾床幾點要抽什麼血？而這個病人在幫他測量生命徵象時要特別注意和評估哪裡？

護士為了怕給藥錯誤，給藥的過程中，每一種藥都要「三讀五對」（拿藥時讀，從藥袋取藥時讀，放回藥時讀，藥物對，劑量對，給藥途徑對，給藥時間對，病人對）。而為了確認給對了病人，我們都要用兩種方式確認病患，譬如叫他講自己的名字，然後再核對手圈。而為了遵循醫院新制評鑑規範，還得做到「一藥一簽」，給一顆藥就簽一次名。還有在給藥前，我們要評估病人是否適合給這個藥；給完這個藥後，還要觀察是否出現了副作用或者過敏症狀。不論做什麼檢查、給什麼藥物，都要跟病患家屬解釋得清清楚楚的。

以上說的這些，都還只是基本的常規流程。醫師查房後，他還會依照病人的狀況開出新的醫囑，譬如再抽血、做心電圖、照X光、開新的藥……等。也有病人會有突發狀況，譬如大吐血，或者呼吸喘到要使用呼吸器、或轉住加護病房的。即使例行的事已經做不完了，還是得硬擠出時間來應付這些突發狀況。這些工作，必須是在家屬和病人都肯乖乖配合的狀況下，才有可能趕在上班時間內完成；萬一病患不肯配合，或者每來一個新的家屬就要跟他解釋一遍病人的狀況，那就一定沒時間吃飯、喝水，可能還必須延後下班時間。

護士的工作只是這樣而已嗎？不！高品質的護理是強調身、心、靈、社會全方位的照顧。前述只是身體部分，在心理、靈性和社會部分都還沒有談到。病患是否對這個陌生環境感到不安害怕？我們該如何和他建立關係並得到他的信任感？當病患或家屬情緒激動時該如何安撫他們？他是否需要社工的介入或者更多的社會福利資源？家庭方面是否有給予他足夠的支持系統？過於內向的病人要如何誘導他把需求說出來？過於多話的病患又如何在有限時間內抓住他要表達的重點？有一些精神疾患或者情緒無法控制的病患又該如何應對進退？如何在這麼忙碌的工作中，還能注意且不侵犯到病患的隱私權、選擇權、財產權等，而針對不同信仰、不同宗教的病患，我們是否又可以提供他在信仰方面的慰藉？

有沒有開始覺得，護理人員的工作很繁雜了？還不止這些，以我的單位急診來說，我們的工作等於把自己暴露在高危險感染的環境，肺結核、流行性感冒、SARS會透過空氣和飛沫傳染給我們；愛滋病毒、B型肝炎會透過血液傳染給我們，更別說那些常見不常見、聽過沒聽過的雜七雜八的疾病了。而因為進來看病的病患本身就很不舒服了，他們很容易情緒爆發而有語言或行為上的暴力，危及到我們的安全。

除了這些，我們還要說服身體的生理時鐘，最好乖乖地配合輪班。太忙的時候，擔心會沒時間吃飯、喝水、上廁所；太閒的時候，擔心自己被刪回家（註一）。因為吃飯不固定而有腸胃問題的護士大有人在，因為沒時間上廁所而有尿道發炎或急性腎盂腎炎的護士也是一堆，因為太忙沒時間休息而有下背痛、靜脈栓塞的護士更多，因為工作壓力太大而離職或者產生精神方面疾病的護士也偶有所聞，因為輪班而搞壞身體或者夜夜失眠的護士也不是沒見過。

你，很難找到一位護士，不曾為了這份工作而掉過眼淚的——無論是為了病患的苦，或是為了承受不了的壓力。

一位好護士，會盡力照顧每個病患的身、心、靈和社會各個層面；但一位好護士，不一定會盡力照顧好自己的身心靈社會各個層面。他們會為了做好護理工作，讓身體、心思、時間全部都跟著一起耗下去。所以，被護士照顧到的病患或家屬們，請給我們一個微笑、一聲謝謝吧。護士的另一半或親朋好友們，請偶爾幫我們加油打氣吧！讓我們可以堅持下去，讓我們可以固執於這個助人事業，繼續走下去。

註一：醫院會依照病患來考量彈性調整人力，譬如今天已經工作四小時，但因為病患來診量不多，就會刪人力讓護士提早回家休息。放四小時的假，等於放了半天假。往好的方面想，可以提早回家休息；但往壞的方面想，該固定放的那幾天假被扣了半天，可以整天放假好好休息的機會又少了。

急診實戰篇

審判

我期許自己有一天對於酒鬼和老菸槍病患，也能視病猶親地對待他們。審判這檔事，全盤交給上帝吧，怎樣都輪不到醫護人員來執行。

我不敢保證我到死去之前，會不會變成一個酒鬼或老菸槍，但現在的我，確實受到成長背景的影響，對酒鬼和老菸槍有種作噁之感，不敢恭維。對我而言，最噁心的畫面，莫過於在餐廳看到吃完飯、抽完菸的人，把菸屁股往盤子上扭啊扭的，那比幫病人挖大便時手被沾到、然後不小心又沾到臉上還要噁心；又好像一盤可口菜色，幾分鐘前正裝著幾隻菸屁股，而我正不知不覺吃到菸灰一樣。至於酒鬼，唉，別說了，那股濃厚酒臭味，有種自己被推入了充滿「ㄆㄨㄣ」（餿水）的泥池中打滾，感覺自己的鼻子和全身皮膚被酒臭味融化了。

要我滿懷愛心地照顧酒醉病患，基於專業立場，我仍會笑容可掬地為對方服務，關心他的病痛，但要做到《聖經》上說的「凡事包容」包容酒鬼，「凡事相信」相信這酒鬼的醉話，「凡事盼望」盼望他能聽我的勸而少喝點酒，「凡事忍耐」忍耐他發酒瘋，那真的是要我的命。

而醫院常常會碰到喝酒喝到腸胃出問題的，他們會在床上哀嚎，跟你要求打止痛針。終於有一次，我也碰到了這樣的問題。

一個男性病患，有酒癮的病史，喝到引發胰臟炎及胃出血，但畢竟酒是他的精神支柱，「沒酒會死」。這次，又喝酒喝到肚子痛掛急診。整個漫漫長夜，他不斷哀嚎、「索命連環扣」把我叫過去，要求打止痛針。我把病患的情形向醫師說明後，那個可愛的醫師說：「我不想浪費麻醉藥在他身上，而且keto和ketoprofen（我們單位常用的止痛藥）又是NSAIDs類型的（易引發腸胃出血），你說能用嗎？」他兩手一攤，裝出無辜的表情，我也兩手一攤，用臉部表情跟他說：「好吧！就這樣！」旁邊的學姊看我深受困擾，出了許多餿主意，什麼「用神愛世人感化他」啦、用「上人的大愛精神安慰他」啦，不然就打「生理食鹽水」這種安慰劑……等等。

當時，閒來無事的我，確實花了很多時間陪在他身邊，窮我畢生之精力，分散他的注意力，一遍又一遍地教他怎樣減輕腹痛，跟他解釋為什麼醫師不能開止痛藥……但人的忍耐是有極限的，人的時間也是有限的，在我給他一支「安慰劑」之後，他的腹痛便神奇地減輕了，而他也不再按「索命連環扣」了。

當酒鬼吵鬧的陰影還未從我心裡抹去，護理長的教訓又像狂風暴雨襲來，劈得我暈頭轉向。她說：「就算是打生理食鹽水，也要有醫囑。萬一病人又要求打止痛針，跟醫師說上一針止痛針很有效，醫師卻否認他有開什麼止痛針。你想，病患會怎麼說？到時候你就準備去吃牢飯了。」刺耳的話總是難免，但這次卻讓我有種不一樣的感覺。她用她的知識及經驗告訴我正確的作法，好讓我可以避開醫療糾紛，而不要在醫療的路才剛起步就被迫終止，甚至終身留下陰影。

所以，你的仇敵若餓了，就給他吃，若渴了，就給他喝；因為你這樣行就是把炭火堆在他的頭上。你不可為惡所勝，反要以善勝惡。

——羅馬書十二章二十～二十一節

每當讀到這句話，我知道自己的態度是錯誤的，因我總希望透過我對敵人的好，上帝能放炭火在對方頭上，最好還是熊熊烈焰、燃燒通宵！但我依然期許自己，有一天能不帶任何不公平態度，對於酒鬼和老菸槍病患，也能視病猶親地對待他們。審判這檔事，全盤交給上帝吧，怎樣都輪不到醫護人員來執行。

鼻塞

鼻塞這種小兒科到不行的症狀，我們確實不會花太多時間去照護。但我心裡卻突然有一種感覺：或許，她跟我碰到一樣的問題吧！

從護理系二年級聽到老師教導「對病人要有同理心」開始，我從來沒有清楚明白地搞懂過「同情病人」和「對病人有同理心」有什麼不同？只隱約知道，不要讓病人覺得他像個受施捨的乞丐。或許，「視病猶親」這句話比同理心更容易讓人理解。

如果我沒生過小孩，我怎麼知道那種撕裂的痛苦？當一個媽媽這樣陳述時，在旁助興猛點頭的，應該都是同樣深深感受過那種痛的婆婆媽媽，而不是我們這種因便祕而屁股痛的男人所能理解的。像我這樣身材壯壯，有一點肥肉的人，怎樣也感受不到那心肌梗塞病患的椎心之痛，我又要如何做到老師所教的：「你的痛我們感同身受，我們一定會盡全力幫助你！」

不過有一次，倒是真的碰到一個讓我感同身受的病患。上小夜班時，白班的學姊和我交班，她對我耳提面命：「我跟你講，XX床的病人很麻煩，不過是鼻塞而已，就一直按鈴，按個不停，直說怎麼不幫她治療、要我們幫她會診耳鼻喉科醫師……」鼻塞這種小兒科到不行的症狀，我們確實不會花太多時間去照護。但我心裡卻突然有一種感覺：或許，她跟我碰到一樣的問題吧！

趁著幫另一位病患量血壓時，和她聊了一下，才知道她已經鼻塞好幾年了，也看了很多耳鼻喉科診所，但都一直治不好，而且愈來愈嚴重，直到今天真的受不了才來掛急診。沒想到，急診的醫師看過之後說她沒什麼問題，可以出院回家了，所以她有點不高興。我告知醫師，醫師開了個口服藥給她吃，我也給她生理食鹽水及棉棒，教她怎樣清鼻孔改善鼻塞，然後我便去忙其他事了。

果不期然，她的索命連環call又響起了。她抱怨著，根本沒用，也沒改善，為了不讓她繼續「擔憂」，便向她分享了我的經驗。從小，我也是個深受鼻塞困擾的人，國小開始，就有了「鼻病三部曲」：慢性鼻炎↓鼻中膈彎曲↓過敏性鼻炎。我試過各種方法治療鼻塞，一開始是中醫幫我塞入泡了藥草的棉片，兩個鼻孔被塞了一個禮拜，然後又試過電燒，也進手術房去割除像小拇指一樣粗長的鼻瘜肉，仍然無法根治。最後，我自己到藥房買一種噴鼻液，鼻塞的時候就噴一下，平常則多運動改善體質。不然，就會像國、高中時一樣，上課總在昏睡中度過，晚上睡覺時，睡一、兩個小時就會因鼻塞吸不到空氣而難受得醒過來。

她離開前，我建議她到耳鼻喉科門診詳細檢查，自己對什麼東西過敏，有沒有鼻中膈彎曲或長了鼻瘜肉，再對症下藥好好治療。難得看她露出了笑容，向我道謝後便出院離去。

照顧這個病患，讓我有股強烈的滿足感和成就感，因為我知道，我提供的訊息對她來說很重要。雖然，她的問題只是一個小小的鼻塞。

不知道護理長看到這裡，會不會又像個母儀天下的太后教訓小太監般的我：「你以為自己很強喔？還可以當起醫師，建議病人去買什麼什麼藥？開始自己開起醫囑了……」

遲來的CPR

全院護理單位因為這件意外開始正視CPR的重要性，後來連全院醫師、藥師、供應中心的阿姨，甚至膚慰病患的志工，都被要求上課或是學習CPR。

在進入主題之前，請容我先解釋什麼叫做「意外事件報告單」(註)。當護士照顧的病人發生跌倒、自拔點滴、自殺，或者我們給錯了藥、打錯了針，造成病人身體上可能的傷害時，護理人員就得填寫一張「意外事件報告單」，然後詳述未來要怎麼改進，並無奈地接受這個月的績效獎金又少了一些。

某天，一個資深學姊送病人上某內科病房，隔沒多久，傳來一個不幸的消息：這位病人在送達病房後，接班的護士發現他已經沒有心跳呼吸，於是緊急施行ACLS（高級心臟救命術）。急救了半小時，卻回天乏術，只得將他從高高的樓層病房推到地下室的助念堂。

聽到這個噩訊的學姊，彷彿頭被重重地打了一拳，頭暈目眩；在她還未恢復正常前，她的頭又再被重重地打了一拳，因為樓上的單位主管決定要向上報告這個意外，並要求學姊寫一張「意外事件報告單」。

這張意外事件報告單，接得有點莫名其妙。在病患上去前一小時，有量過血壓、心跳等，雖說不正常但都還在可控制的範圍，而送上去前病人也是有呼吸且意識清楚；但病人送上去後，卻變成已經往生而需要急救。

這對急診人來說，是經常必須緊急處理的場面，病人可能這一刻還在跟你說話，下一刻你就得大叫「病人需要CPR！」，然後開始幫病人電擊、搶救等。

但這對病房來說，彷彿是不可思議的事，他們已經習慣自己照顧的病人雖然生病了，但和死亡是八竿子打不著，若病人在病房內CPR，肯定讓他們兵荒馬亂好一陣子。「病人才到病房門口，就發現沒心跳、沒呼吸，當然可以『下』你們異常，要你們寫意外事件報告單！」他們口氣強硬，說得理直氣壯。

《聖經・傳道書》裡說到：「無人有權力掌管生命，將生命留住；也無人有權力掌管死期……」我不太懂，為什麼他們覺得急診醫護人員有權力保證病人到病房時還活得好好的？上帝要帶他走，他一秒也無法多留。我們能盡力的，就是確保他在進入病房前，能維持他的心跳血壓，能找到他的疾病，下對了診斷，給對了藥，但我們又有何能力做出任何保證呢？

學姊私底下偷偷哭了三天，吃不下飯三天，甚至難過得想要遞辭呈。第一天下班，她出了急診大門後，就開始放聲大哭。回到家裡，和她一起住的學妹安慰她，她又難過得哭了起來。趁放假時，她回急診辦公室，拿了「意外事件報告單」填寫時，因為被迫回想這件事，又哭了一遍。她說：「當時的我已經盡力去照顧好這位阿伯，我也確保他vital signs（生命徵象）OK才讓他上病房的，誰也不知道他上去之後竟然需要CPR。填寫這張單子，好像要我承認是我的錯，是我害這個阿伯往生一樣。明明不是我的錯，我卻得承受這樣一條生命逝去的壓力和重擔……」

這一件事，也引發了急診和病房之間的爭議。我們的主管向護理部的高層長官據理力爭，再加上當時他也被緊急call到病房，參與整個急救的過程，他對這件事的來龍去脈再清楚不過，可惜的是，主管口才再好，決定權還是在「高層主管」的身上。當他們決定要學姊寫意外事件報告單後，主管也只能心灰意冷地憤憤離去，並尋求更積極、改進的作法。

於是，護理部決定開設CPR課程，正巧，全醫院最會講、最會教CPR的，就是我們的主管。而主管，也是我的學長，他展現了最人性的一面：「公～報～私～仇～。」只要他看到有那個單位的病房護士來參加，就刻意舉這個例子，並提高嗓門大聲說：「你們呀～千萬不要在急救的過程中亂成一團，電擊時要在電極片上擦jelly（潤滑液），不然會把病人的肉烤熟的。還有，心臟按摩的技術可要好好學，不要亂壓一通，對病人一點幫助都沒有。你們不好好學，下次這種事被你們碰上了，小心落入永無止盡的醫療糾紛……」

事情還是會過去，學姊還是得堅強地繼續上班服務病患。不知道過了多久，我看到她又可以笑嘻嘻地和同事開玩笑，溫柔地照顧她的病患，但我知道，這件事在她心中已經造成了不算小的傷痕，即使結疤了，之後再看到、再回想起，還是會再心痛一次……

傷痛之後，也有了好的回應。

全院護理單位因為這件意外開始正視CPR的重要性，不只是護理人員要重新學習CPR，後來擴展到連全院醫師、藥師、技術人員、供應中心的阿姨、行政人員，甚至於在醫院裡膚慰病患的志工，都被要求上課或是學習CPR。只是程度不同罷了！醫師要學的是高級救命術，而院內同仁都要上課外加通過CPR考試。

雖然阿伯走了，學姊傷透了心，但是現在院內只要呼叫哪兒有「綠色九號」，就會有二、三十位醫護人員趕到現場幫忙搶救。看看施行CPR時，大家信心滿滿的眼神，真是感受到生命無價，失去的那一點點績效獎金，又算什麼呢！

註：意外事件報告單：由「品質管理中心」承辦後，將紙本表單電子化，二〇〇六年十二月「病人安全通報系統」正式上線。為鼓勵病房單位勇敢通報各類攸關病人安全的異常事件，以期發現具體需要改進的事項並立刻著手進行流程改善，品管中心每個月會頒發獎金給通報件數最多的前三個單位。

重大車禍

當晚跟我預測的一樣！花蓮的消防隊非常看重與信任慈濟醫院，送來六個病患，加上門諾醫院候補的一個，果然七個病患都在慈濟急診相聚了……

「學弟，交完班了嗎？紙漿廠那邊出了一個重大車禍，廣東（註一）要我們出車協助救護。」當晚小夜班的Leader（護理小組長）跑來告訴我這個消息。因為我曾經在吉安消防隊服務過兩年，比其他醫護人員擁有豐富的「到院前救護」經驗，學姊從無線電上聽到這個車禍有六、七人受傷，就第一個想到了我。

上了一整天的班，感覺全身處於脫水狀態，很想假裝「有看到學姊嘴巴在動，但耳朵完全聽不到在講什麼」的眼神，但人算不如天算，她又派了另一個沒有「到院前救護」經驗的小美女學姊跟我一起去，看在可以在小美女面前逞英雄的機會上，只得提起精神鑽進救護車裡。

「廣東廣東，慈濟九一（註二）現在出勤。」拿起無線電通話器的我，EMT（救護技術員）身分立刻上身，表現出了該有的專業。

「慈濟九一，你的出勤時間零零二四，我們已經派了花蓮九一、吉安九一、壽豐九一和門諾九一到達現場，現場回報有兩死兩重傷三輕傷，麻煩你盡快過去協助。」無線電裡回應的聲音，是我昔日的長官，聽得出來，他也因為這個重大車禍，有些緊張。

「學弟，等一下我有什麼不會的，你要幫我！」很少出勤救護的學姊緊張地說，我給她一個「放心吧，有我在」的眼神（不過，我眼睛小加上燈光暗，她應該完全沒感受到吧）。

「慈濟九一收到，感謝廣東。」我下意識地按下通話鈕回應，但腦子浮起了恐怖的念頭——七個病人，不會全部都送慈濟吧？如果都送慈濟，肯定把急診室癱瘓掉。處理七個外科病患，至少需要八到十名護士、三到四名外科醫師，但大夜班才七名護士，內外科醫師各一個……愈想愈讓覺得頭皮發麻，不寒而慄。

就在趕去的途中，從無線電廣播裡聽到一名病患已經由吉安九一的EMT進行CPR，送往慈濟急診的途中。另一個大腿骨骨折的病人，也由壽豐九一準備送往慈濟。

「壽豐九一，慈濟九一呼叫。」我立刻拿起無線電插播。

「壽豐九一收到請說。」

「大哥，可不可以請你考慮一下把病患送往門諾醫院？慈濟醫院的醫護人員不夠，無法吃下所有的病患，為了怕剝奪病患被搶救的權益，希望你可以把他送往門諾醫院急診室。」我盡量簡單扼要地說出建議。

「好的，壽豐九一收到。」乾脆！壽豐消防隊老大哥接受我的建議，開始呼叫門諾醫院。

「學弟，你好猛喔！」小美女學姊用那又亮又圓的眼睛看著我，說出這句佩服的話語。可惜我還沒擺好姿勢接受讚美，救護車就帥氣地甩尾到達車禍現場。

一下救護車，就看到一個已經縮短半個車身、扭曲變形的轎車躺在路旁，車輪身後拖了兩百公尺的煞車痕跡。花蓮消防隊的EMT大哥正用車內脫困固定術，搶救駕駛出來。我們立刻將擔架和三合一（註三）推到車身旁，讓他們把搶救下來的駕駛直接放到擔架上。

我花了十秒鐘確認病患的生命徵象……

「沒心跳呼吸了，快！」我和學姊有默契地快速

推病患上車，學姊在病患頭部使用ambu（甦醒球）強迫給氧，我一手撐著救護車車頂固定自己，一手開始幫病患做心外按摩，而司機大哥，也用跟死神搶救生命速度駛回醫院。

急救區裡已經有外科醫師和三位護士在急救吉安九一送來的DOA（到院前死亡）病患。學姊看到我邊做CPR邊送一個病患進來，立刻空出一個位置。

「急救區CPR！」Leader學姊一廣播，在診間的其餘醫師護士也衝了進來，開始幫這個病患戴頸圈，吊點滴，插人工氣管，接呼吸器，給Bosmin（心臟急救藥），雖然發現病患的脖子變形，可能脖子被撞斷了，救回來的機率不高，但因為她還很年輕，看起來才三十幾歲，所以我們仍然盡力搶救。

突然，急救區的門又「刷」一聲被打開，是門諾的急診護士送一個插著人工氣管的病患進來。前零點五秒，醫生傻了眼，後零點五秒，所有的護士傻了眼。「這是剛剛那個車禍大腿骨骨折的病患，因為門諾的ICU已經滿床了，所以我們把他轉過來。」門諾護士懦懦地向我們解釋著。我想，她大概看到我們無奈又兇狠的眼神吧，可憐的她，被我們半強迫地留下來幫病患壓ambu，直到呼吸治療師推來另外一臺呼吸器為止。

當晚跟我預測的一樣！花蓮的消防隊非常看重與信任慈濟醫院，送來六個病患，加上門諾醫院候補的一個，果然七個病患都在慈濟急診相聚了。幸好小夜班的八個護士都還沒走，留下來一起幫忙，所以並沒有我想像的急診癱瘓，或者啟動大量傷患的狀況出現；只是忙完這個重大車禍告一段落時，也已經半夜兩點了。

躺在床上，回想今天的過程，覺得明天應該寫個mail給一一九勤務中心，告訴他們應該針對醫療資源的分配和調度，再做進一步的在職教育，以免所有的病患都送同一家醫院，造成其他家醫院無法幫到病患，而被擠爆的醫院又無法讓所有病患都享受到良好品質的照護。可是我的這個好主意，跟著我一起沉睡進入夢鄉後，就被遺忘在那個夜晚了。

註一：無線電傳呼時，勤務指揮中心自取的代號，命名原因不詳，猜測可能跟位於臺灣東部有關。

註二：無線電傳呼時，意指救護車，慈濟九一就是指慈濟醫院的救護車，其他以此類推。

註三：指「三合一甦醒器」，盒內有氧氣、管線、正壓給氧器或稱人工急救甦醒球等急救器材，可以幫病患抽痰、給氧。

浪費

為了挽回一個靈魂或生命，做什麼都不算浪費；在祂眼裡，犧牲最寶貴的東西，就算是祂兒子耶穌基督的生命，都不算浪費。

緊急救護無線電突然響起，對方傳話說，要送一個四十歲左右的男性病患，他在大理石工廠工作，今天中午工作時被掉下的大理石砸傷右腦。EMT在現場已經看到他腦漿溢出，後腦有三分之一被砸碎了，卻還是把他送來急診。

照理說，這種連EMT都可以現場研判已經死亡的病患，到醫院也無法急救回來，但依照家屬的要求，我們仍然急救了三個小時，只為了等他的父親從屏東趕來看他。

病患體重八十公斤，血液佔體重的百分之七，所以全身血液約五千六百西西。急救期間，他頭部的破洞，還有嘴巴和鼻子，一直不斷地冒出鮮血。光抽吸那些從嘴巴和鼻孔流出來的血，就抽滿了五瓶抽痰瓶，約五千西西。細細的抽痰管已經趕不及噴血的速度，我們只好直接把粗的外科接管固定在他嘴角，連續的抽吸流出的血。

雖然，頭殼的破洞已經用厚厚的紗布和彈性繃帶加壓止血，但是地上四溢的鮮血，以及在床上的血，讓他像浸泡在血海中。整個急救過程，至少輸進去五百西西的溶液十二包（還不包括輸給他的十袋血）。算一算，他已經全身大換血一次了。

那些在血管裡流竄的血，本來該是所有器官的生命泉源，現在全部從身體的破口噴出，濺染所及之處，本來只是在「搶登諾曼第」的戰爭片，或者「毀滅倒數二十八天」這類的血腥恐怖片才看得到的慘況，現在真實在我面前上演。我們踩在他的血上面搶救他的生命，空氣中的血腥味，連戴著N95口罩也隔絕不了。這時候，習慣性的鼻塞成了上帝給我的恩典。

病患或許仗著年輕力壯，CPR救了他回來，沒多久又失去了心跳，又救了回來，又失去了心跳……前前後後，累積了五張ACLS單（高級心臟救命術紀錄單，每急救病人一次就要寫一張，若病患被救回來後又失去心跳需要再急救，就要重新寫一張）。中間的急救過程，陸陸續續地打上了五支最粗的十六號軟針，只因為希望輸進去的溶液，能趕過他流血的速度。看到最後一支打進去的軟針，流出來的血比西瓜汁還稀淡，我愣了一下。想放棄了，因為就算救回來，可能一輩子都得躺在床上，一輩子都脫離不了呼吸器，一輩子都要和肺炎、泌尿道感染、壓瘡為伍，誰希望自己的生命落得如此光景？但我們仍然救到了最後，仍然一袋袋的血掛上去，直到，心肺復甦機再怎麼壓，他再也沒有自己恢復心跳過……

在外科醫師宣布急救無效後，我決定趕緊做屍體護理，要走也要讓他有尊嚴的走，而不是現在的如此狼狽樣。所以，我和護佐學妹一起為他更換新的衣褲和床單。雖然我穿上了防水隔離衣，但在翻身的那一剎那，床上的血像瀑布一樣傾瀉而下，瞬間我的白褲子和白皮鞋，都染成了紅色。

他的皮膚慘白，嘴唇完全沒有血色，我們又用了一卷彈性繃帶和新的棉布在頭部傷口再加壓上去，但是血仍然微微地滲漏出來。直到他又恢復了全身的潔淨，我們才讓家屬進來看他。有人痛哭失聲，有人紅了眼眶，而他的爸爸，似乎連該用什麼樣的情緒來反應，都慌了手腳，完全不知道該如何接受兒子冰冷地躺在自己面前的死訊。

曾經想過，如果以回饋的利益計算，那些血和急救藥用在其他病人身上可能可以救回更多人。他若真被救回來，花在他身上的醫療費用，以及家屬和醫護人員的時間精力，會多到無法計算，而且可能都像石沉大海般，讓他活過來的機會非常渺茫。

值得慶幸的是，我們的眼光不是放在利益上面。家屬緊抓住的，是那微乎其微的一點希望，我們醫護人員拼命的，是搶救那殘燭將滅的生命。

值得慶幸的是，上帝的計算方式，不是這個世界的健保公式。救贖一個生命，就算投入多少金山寶礦，就算投入的都石沉大海，在祂眼裡，這都不算浪費。

為了挽回一個靈魂或生命，做什麼都不算浪費；在祂眼裡，犧牲最寶貴的東西，就算是祂兒子耶穌基督的生命，都不算浪費。

摘玉蘭花的阿公

在歡唱詩歌及禱告中，我不斷地感謝主賞賜給我的一切，讓我看到了人生的無常。我希望自己能過得很快樂，不要浪費這麼美好的生命。

本來正在慶幸著，今天大夜非常幸運，外科只來診五、六個病人，而牆上的時鐘也喜孜孜地告訴我已經早上七點，再一個小時就可以下班了。沒想到美夢才做幾秒鐘，消防隊急救車的警鈴突然由遠而近傳來，徹底地粉碎我的夢。

「學弟快點，這個阿公conscious change（意識改變），趕快推進去CPR區！」兩個學姊連同我以及外科醫師，彷彿訓練有素的狗（雖然不想這麼說，但確實有些例行的流程不需要思考），「刷」地一下，這個學姊已經幫阿公弄好心電圖監視器，也使用氧氣鼻導管了，另一個學姊則已經幫他抽好血、吊好點滴順便驗個血糖，而我也做好十二導程的心電圖，就等機器印出來。

阿公有些躁動，一直想拔掉他手上的點滴管子，為了避免他傷害自己，甚至再挨一次針，我們只好用約束帶約束他的雙手。才約束到一半，放射科就打電話來說可以去做電腦斷層了。哇，不知道誰那麼神速，已經把X光單及電腦斷層單火速地送到放射科手上。

趁著準備送阿公去做電腦斷層的空檔，幫忙掛號的學姊跟我交了一下班：「這個阿公是一大早起來後，跑去採樹上的玉蘭花，結果沒站穩，跌倒撞到頭而昏了過去，他太太趕緊叫一一九把他送過來。進來時GCS（葛氏昏迷指數）E3V4M4-5，vital signs（生命徵象）除了血壓高一點點，其他的都還好，剛剛blood suger（血糖）一四五，所以應該不是hypoglycemia（低血糖）造成的，現在就看看是不是ICH（顱內出血）了。」我邊聽學姊交班，邊調整剛剛阿公躁動下歪掉的頸圈，並按壓阿公後頸確定他不會疼痛後，在醫師許可下把頸圈先拆了下來，呼叫輸送中心人員趕緊跟我一起推病患去放射科檢查（註一）。

可憐的阿公，身上還留著淡淡的玉蘭花香，剛做完電腦斷層被推回急診，就又被我插了導尿管，屋漏偏逢連夜雨，剛剛送的檢體溶血（註二）了，必須重抽，阿公只好又被打一針抽血。更慘的是，神經外科醫師看過阿公的電腦斷層報告，表示左側額頭、頭頂及後腦都有出血，必須上開刀房開顱清血塊，並裝置一個顱內壓監視器，開完刀後，直接住進加護病房。急救區外的學姊，忙著幫我處理病歷、請家屬簽手術同意書；急救區內的我，忙著幫阿公打一堆醫囑的針劑，並包紮他身上的擦傷。直到送上開刀房，並跟加護病房的護士交完班後，已經過了將近一個小時，我就帶著全身的虛脫感上電腦簽退下班。

回宿舍盥洗了一下，便往教會奔去，難得可以做禮拜，雖然肉體疲憊，但我知道我需要心靈上的餵養，讓我得以飽足。在歡唱詩歌及禱告中，我不斷地感謝主賞賜給我的一切，讓我看到了人生的無常。雖然我一直想存到足夠的錢，在市郊開一個屬於自己的書坊，自己規劃擺設所有的一切，但我知道，把握當下才是重要的。認真地工作、認真地運動、看想看的電影、吃好吃的食物、開心地做禮拜參加團契、努力維持每一段真摯的友誼、有機會就對周邊的人傳福音——雖然這個我承認不夠努力。但我希望自己能過得很快樂，不要浪費這麼美好的生命，因為我不知道，下一個被急救、被送進加護病房的人，會不會就是我。

註一：根據現在的緊急醫療知識，車禍導致意識改變的病患，即使做了頸椎的X光和電腦斷層檢查確定沒有問題，還是建議帶著頸圈，以免忽略掉初期潛在性危險和出血的傷害。

註二：溶血是指血球中的離子瞬間大量混入血清中，造成檢驗數值誤差。有時候是因為病患體質因素，但臨床上大部分的溶血是因外部力量，譬如針頭太細、抽血太快、酒精未乾或者碰撞搖晃造成紅血球破裂。

自殺日

或許苦短人生，真有許多事讓我們煩惱憂愁，但是想想自己所擁有的恩典，光吃得飽、穿得暖，活在一個沒有戰亂的國家，就真的夠我們感謝上帝了。

不知道是不是那一年總統大選太精采，還是往年的慣例就是如此，感覺總統大選後的那幾天，除了有患了「總統大選激動症候群」的人進來掛急診外，許多想不開的人也選擇割腕自殺的方式紓解壓力，然後再掛急診縫合傷口。

那天小夜，我才剛剛上班，第一個小時就接到了三個割腕自殺的病患。第一個年輕人，看起來未滿二十歲，左手布滿了一條條的刀疤，最新的那條，血淋淋地躺在靠近手肘處。在縫合傷口的時候，他還和女朋友神色自若地談天，一點兒也沒有痛苦或任何不適的跡象。他剛進來檢查傷口時，我像個沒見過世面的醫護人員，被他嚇了一跳，腦子裡還無厘頭地迸出：「哇！人體辨識條碼帶！」這種無聊的想法。問他怎麼受傷的，他一臉毫不在乎地說：「沒有啦，作美勞的時候不小心被美工刀割到的。」

第二個年輕外籍新娘，是先生緊急送來掛急診的，前一個割腕的傷口還沒拆線，現在又出現第二個傷口了。病患和她先生都一致說：「因為她出門忘了帶鑰匙，回家時被鎖在門外，她急著要做晚飯，爬窗戶進去不小心手被鋁門窗割到了。」

這是什麼藉口？不是我故意找碴，只是這個傷口會不會被割得太漂亮、太完美無瑕了？我在準備器械給醫師縫合傷口的同時，看到她和先生的互動，雖然穿得西裝筆挺的先生一臉和善，但不知道為什麼，總不自覺地想起外籍新娘家暴事件。

無奈的是，我對心理與溝通領域的涉獵連皮毛都沾不上邊，根本不知道要從哪個角度下手，且這裡是急診，不是協談室，不容許有那麼多的時間跟病患心智鬥法，我只好做例行該做的事。

第三個病人，是下班前兩個小時進來的，而「她」也整整折磨了我兩個小時！約莫三十五歲的女性病患，和前面兩位一樣，有典型的割腕自殺症狀：左手前臂有一道約五到七公分長的割傷傷口。

剛進來時，她就吸引了我的目光，她有著一口大陸腔，每段話後面都有個捲舌「兒」，酒醉的她，不肯讓別人碰，兩手亂揮直叫著：「你們幹什麼兒送我到這來兒？我兒沒病兒幹麼送我來醫院怎麼子兒？」「小姐，你的手受傷了，還一直在流血，你不要動，讓我先幫你止血！」「流啥麼血兒，我沒流啥麼血兒，你不要碰我，讓我回家去兒。」

為了怕她傷口繼續流血、被感染，我先用白紗覆蓋，再用彈性繃帶固定止血。她扭來動去的，醫師也沒辦法縫合傷口，一切只好等她酒醒了。而她的丈夫，一個瘦小、四十歲左右的原住民男子，不知道是嚇呆了，還是本來反應就比較慢，我得用比平常更簡單的句子問他好幾遍，他才回答我的問題。

短短的一天，接了好幾個自殺病患，填寫了那麼多張的自殺病患通報單，心裡其實有些唏噓，但除了幫助他們縫合、消毒傷口外，對於心靈的安慰卻一點也使不上力。之後，我在一次讀《聖經》的晚上，讀到了一段話，希望對於那些想自殺的朋友，能夠有幫助：

我告訴你們，不要為生命憂慮吃什麼，喝什麼；為身體憂慮穿什麼。生命不勝於飲食嗎？身體不勝於衣裳嗎？你們看那天上的飛鳥，也不種，也不收，也不積蓄在倉裡，你們的天父尚且養活他。你們不比飛鳥貴重得多嗎？所以，不要憂慮說：吃什麼？喝什麼？穿什麼？這都是外邦人所求的，你們需用的這一切東西，你們的天父是知道的。所以，不要為明天憂慮，因為明天自有明天的憂慮；一天的難處一天當就夠了。

或許苦短人生，真有許多事讓我們煩惱憂愁，或許對那些選擇自殺的人們來說，他們的煩惱和憂愁勝過身體甚至生命的貴重（而我們不是他／她，也真的無法完全體會），但是想想自己所擁有的恩典，光吃得飽、穿得暖，活在一個沒有戰亂的國家，就真的夠我們感謝上帝了。

愛滋在哪裡？

他小聲地跟我說：「李先生，我是愛滋病患，等一下你幫我抽血的時候，要戴手套。」他外表俊美且身強體壯，若他不說，誰會想到他是愛滋病患？

「等一下你幫那個王先生抽血時要小心一點，他是HIV positive（人類免疫不全病毒陽性反應，亦即愛滋病帶原）的病人。」交班時，學姊特別叮嚀我。

當我拉著工作車到王先生面前，表示要幫他抽血、打點滴時，他小聲地跟我說：「李先生，我是愛滋病患，等一下你幫我抽血的時候，記得要戴手套。」我看著他，外表俊美且身強體壯，若他不說、學姊不提醒，誰會想到他是愛滋病患？

對愛滋病毒有進一步了解的人都知道，男同志族群是愛滋病毒感染的高危險群，但歸咎原因，是因為進行危險性行為。不戴保險套從事危險性行為，不論你是同性戀、異性戀、雙性戀，不論你有多重性伴侶，還是只有單一性伴侶，你都可能成為愛滋病患的一員。但現在大家已經把同志和愛滋病劃上等號。

一位朋友就曾經忿忿不平地跟我分享。她因為工作的關係，接觸到的個案都是來捐血和捐骨髓的，首先要填一份問卷，上面有一題就會問到比較私密的個人性史：你是同性戀還是異性戀還是其他？你有單一性伴侶還是多重性伴侶？你多久會發生一次性行為？會不會戴保險套？她說：「有趣的地方來了，如果你是同性戀，不管你是不是從事安全性行為，是不是只有單一性伴侶，你都是高危險族群，五年內不能捐血或捐骨髓。但如果你是異性戀，卻有固定多重性伴侶，你都還不一定是高危險群哩。」

我後來跟一位很早就對家人和朋友坦誠出櫃的朋友分享，她只淡淡的回應說：「對啊，我在捐血時，也因為同志的身分被拒絕過，所以我從來都沒有捐過血。都被歧視了，幹嘛還要死皮賴臉的一定要捐血？」而我心裡想的，不是表面上同志族群被歧視的問題，而是如果社會大眾都認為那只是同志的問題，豈不就會誤以為異性戀常常一夜情不會怎樣，守本分的家庭主婦不可能被感染。但事實證明，愛滋病患裡異性戀和同性戀比例不相上下，因為另一半感染愛滋被傳染的女性同胞也大有人在（註）。

其實，醫護人員都該有一個正確的觀念：把每一位病患都當作愛滋病患，做好所有的防護措施，避免傳染給自己，也避免傳染給別人。一位學長就做得非常標準，他在接觸病人前會洗手超過三十秒，然後戴上手套，才為病患做抽血打針的動作，做完所有的治療之後還要洗手一次，不論當時再忙再亂，他都不會省略任何一個步驟。那種打了點滴壓不住血管弄得血染雙手的狀況，絕對不會出現在他身上。或許有人覺得，有必要這麼誇張嗎？有必要這麼神經兮兮嗎？確實有必要如此。醫護人員服務的是眼前滋的海報。雖然，不是每個人都對愛滋有相同及正確的看法。

或許，針對愛滋這個議題，醫護人員都應該要盡一分心力，多跟周遭的親朋好友宣導，愛滋是透過血液、性交、共用針頭吸毒感染，或是母子垂直感染，而不是因為同性戀或異性戀的關係。或許，我們應該多花一些心力，說服周遭的朋友好好愛惜自己的身體。或許，醫護人員更該以身作則，不歧視愛滋病人，擁抱他們，和他們交談握手，照護他們的愛滋病，也醫治他們的心。

如果愛滋病毒已經摧毀了病患的肉體，我們不要再讓它，也毀了你我的心。

註：根據疾病管制局截至二〇〇七年六月份統計報告，臺灣感染HIV人數已經高達一萬四千零九十二人，新增感染案例和第三世界國家不相上下，其中因共用毒品針頭而感染者成長最快。感染個案異性戀佔百分之二十三點九三，同性戀佔百分之二十七點六八，雙性戀佔百分之六點九九，毒癮患者佔百分之三十八點九四。至二〇一一年底，臺灣感染人數累計為二萬二千零二十人；異性性行為佔百分之二十一點四五，同性性行為佔百分之三十八點九三，雙性性行為佔百分之八點零二，注射藥癮者佔百分之二十九點八五。

在臺灣致力於愛滋病防治與服務的機構有疾病管制局、性病防治所、愛慈教育基金會、世界展望會、關愛之家、天主教露德之家、同志諮詢熱線協會、愛滋病防治協會……等等，愛滋病相關內容及防治、治療方式，歡迎各位踴躍上網查詢。

縫合

乙醫師可就不管那麼多了，叫家屬把小朋友抓好，
反正哄也哭、不哄也哭，麻醉針是一定要挨的了，
管他小孩子哭得多大聲。

在急診室的外科診間，撕裂傷是大紅大紫的診斷，每三個病人就有一個因撕裂傷而進來。不論是車禍的，跌倒的，撞到的，打架的，或者工作時受傷的，常常讓他們身上有個開口笑的傷口。

通常，撕裂傷不像小擦傷一樣，擦擦優碘再蓋一塊白紗布就可以交代得過去。撕裂傷會因為受傷的部位及傷口深度的不同，而選擇不同粗細的縫針，以及不同材質的縫線。

譬如臉的皮膚較薄，就要用較細的針線縫，手腳皮膚較厚，就可以用粗一點的針線縫。若傷口較深，我們就會先用可以讓身體吸收的線，來縫裡面的肌肉組織，外面再用一般的縫合線縫。有時候，傷口太髒的話，醫師不會完全縫合起來，他還會縫一條引流管，讓髒的血水和組織液可以引流出，而不是被包在組織裡化膿。

而傷口復原的速度也不一樣，乾淨的傷口復原的比骯髒的傷口快，年輕人比老年人復原快，糖尿病患比一般人更容易傷口感染，關節的撕裂傷比肢體間的傷口更難復原（因為經常活動的關係），所以，針對不同的病人做不同的衛教，也是一門學問。

每個醫師碰到撕裂傷病患，處理的態度也不一樣。尤其是小孩子的撕裂傷，最可顯現醫師們的細心和耐心。

在縫合傷口前，護士會先把傷口清洗乾淨，再由外科醫師打上局部麻醉藥。甲醫師會跑去小兒科診間拿貼紙、對小孩子又哄又騙的，然後先用噴的麻醉劑把表面麻醉，再慢慢地、一步步麻醉整個傷口周圍；乙醫師可就不管那麼多了，叫家屬把小朋友抓好，反正哄也哭、不哄也哭，麻醉針是一定要挨的了，管他小孩子哭得多大聲；丙醫師心細、手也細，只要是他縫合的傷口，一定又快又漂亮，還會上電腦把剛剛用過的耗材都打好、列印出來，不麻煩護理人員另外再拿記帳單畫記號記帳；若是丁醫師，你也不必擔心，反正他什麼帳都不會打，你只要趁他縫合傷口時，趕緊拿記帳單記帳就沒錯了。

縫完傷口、包紮後，後續的處理方法大同小異，都會開一些止痛藥和消炎藥給病患帶回去服用，並給一張傷口衛教單張，提醒該注意的事項，以及如何照顧傷口。若是頭部的傷口，會再給一張頭部外傷衛教單，並評估他有沒有噁心、嘔吐等情形，讓病患待在留觀室四到八小時，確定沒事了再回家。

而頸部以上有傷口的，我們都會特別叮嚀家屬或病患，要觀察有無腦內出血的情形。因為有時候，腦內出血會有一段「清明期」，就是雖然病患腦內慢慢地在滲血，但人還是清醒的，直到出血到了一定的量，病患就會昏迷過去，而有了生命危險。所以，我們都會要病患或家屬這兩個禮拜甚至一個月，觀察有沒有頭越來越痛，視線模糊，痙攣，嘔吐不止等腦內出血的症狀，有的話就要立刻帶來醫院做治療，不然平時在家多休息多觀察就可。

此外，有個醫師對於外傷處理的作法值得一提，因為實在太有趣、太特別了，我都笑稱它為「黃氏理論」。就是傷口大一點的，他都會對護士說：「等一下他就會痛，給他打一支ketorolac（止痛劑）。」若是傷口在頭部，再加上是出車禍造成的，他就會說：「等一下這個病患會頭暈、想吐，給他打一支primperan（止吐劑）。」

我不知道這種作法對或不對，但要評斷對錯，須經嚴謹的研究及觀察才可下定論，而且醫學領域日新月異，今日的救命知識，明日可能就變成害人觀念。

說不定哪天他會變成外科醫學界讚譽有加的對象，而「黃氏理論」也廣為流傳歌頌哩。

註：現在醫院講求人權，且非常注重病患的權利，故通常會先讓醫師練習好縫合傷口的技術後，才會讓他們協助縫合病患傷口。

尋找情緒的出口

後悔

親愛的上帝，若真能向你求什麼，求你給我智慧與口才，讓我能去服侍在我生命中碰到的被酒綑綁的人們，讓我能幫他們鬆開酒的枷鎖。

他聲嘶力竭地哭號著，彷彿要耗盡全身最後一絲力氣，這樣就不必再用生命，去承受他無法承受的痛……還有悔恨。他的臉，盡是乾裂血塊，掉了表皮的傷口，不時有滲液流出，渲染了整塊覆蓋的白紗。

他，機車騎士，全身還是充滿濃濃的酒臭味，而當時坐在他後座的好朋友，幾分鐘前，已經被外科醫師宣告急救無效。

下雨的午夜，把酒盡歡的兩人，硬是撐起寥寥無幾的清醒，騎乘機車往學生宿舍的方向蛇行。聽交班的學姊說，他倆撞到了樹而倒在路旁，不知經過了多久，才被人發現報案。送來急診時，一個已經無生命跡象，且全身多處骨折。另一個，雖然全身多處擦傷及撕裂傷，但仍然在迷茫的酒醉世界中。

直到聽說自己的好友已經過世，神智才被拉回了現實，接受殘酷的結果。他全身顫抖著，眼淚及嘶吼仍然宣洩不掉全身滿滿的懊悔。醫護人員及他的同學抓著他，趕緊給他一劑鎮靜劑，免得他無法控制自己，而又造成自我的二次傷害。

急診櫃臺前，擠滿了禿鷹般的貪婪嘴臉，他們是各個葬儀社的人們，在無線電攔截到救護車告知醫院將送一個DOA（到院前死亡）的病患後，便從自己的巢盤旋而出，速速飛奔至此，深怕這個死者家屬的大把鈔票無法挖到自己的口袋中。留觀室內，他仍全身抽搐著，床旁圍繞著近十位同窗好友，以及不斷安撫他的教官，和猛打手機請同學不要再來急診室看他的大學學院院長。

回到家後，腦海中仍被他絕望哭泣的影子盤旋著：他現在心裡在想什麼呢？他要多久才能走出陰影呢？他將如何面對接下來繼續前進的生命旅程呢？年輕且稚嫩的生命，卻要承受如此沉重的責任，要他如何扛得起又放得下呢？

親愛的上帝，你告訴我們「人有疾病，心能忍耐；心靈憂傷，誰能承當呢？」你告訴我，我又能幫上他什麼呢？當時的我焦急且無奈，卻一句話也說不出口，只能緊緊握著他的手，希望能給他一些力量。

第二天，我上了他學校的BBS站，找到了他們系的版，果然系學會已發出相關的訊息，並安撫大家的情緒，要大家團結起來，發動捐款幫助那位去世的同學，因為聽說他的家境並不富裕，也請大家多多陪伴鼓勵另一位同學。

文章還沒有看完，女朋友突然打電話給我，好似怕再見不到我般，著急的說了一聲：「我真的好愛你！」原來，整個事件的兩位主角，就是與她同一個學院的同學。今天，整個學院的學生被緊急召集，院長沉痛地宣布了這件事。

唉……我深深地嘆了一口氣。酒啊，酒啊，你還要奪去多少人的靈魂呢？你還要蒐集多少人的悔不當初呢？「酒發紅，在杯中閃爍，你不可觀看，雖然下咽舒暢，終久是咬你如蛇。」《聖經》箴言裡，幾句話深深地教訓著人們，然而，喜愛酒酣耳熱的人們，仍舊無視於智慧的呼喊和勸導，臣服在一瓶又一瓶的誘惑當中。

大學的時候，我有一個要好的同學，大家都叫他大哥，大三那一年，他因為感情及課業不順遂，在某天夜裡喝了酒，然後在騎車的過程中，撞上了地下道的分隔欄，我們去醫院看他時，他已經是助念堂裡躺著的冰冷遺體，出殯那天，大家泣不成聲。

當兵期間，和一個替代役學長感情也不錯，但他卻常常半夜偷溜出去，和朋友喝到爛醉才回到宿舍，太在乎他的我，有一段時間常常因為無法勸阻他酗酒，而生悶氣地直踢牆壁。偶而洗澡，看到鏡中自己手臂上的疤痕，想起了多年前爸爸也是因為喝醉酒，推我去撞玻璃的往事……一幕幕，清晰地播放眼前。

親愛的上帝，若真能向你求什麼，求你給我智慧與口才，讓我能去服侍在我生命中碰到的被酒綑綁的人們，讓我能幫他們鬆開酒的枷鎖，不要讓他們去接受生命中無法承受的痛後，才認清酒後的臉孔。

管管我的舌頭

聽到這些話的瞬間，我有些後悔對他的斥責，轉而同情，但卻又憤恨他的無理，情緒百感交集。阿爸父，求您親自管理我的舌和嘴。

某一晚，一個六個月大的小男嬰，被患有精神疾病的叔叔抓起來，以倒頭栽的方式猛往地上摔，男嬰還來不及發出他求生本能的哭泣，就已昏厥過去。

醫師來不及解釋病情，爸爸已經跪下哀求醫師搶救他的孩子。而我，焦頭爛額地忙著打電話聯絡醫院的值班護理長、公關、社工，前來一起關心和處理這件事。急診啊！真實人生的萬花筒，片刻間便能看盡人生百態。我們還在搶救那可憐的孩子，一一九救護車卻又立刻送進來一個酒鬼——一個男子被警察用手銬銬著，藉著酒膽大聲咆哮挑釁，順便襲警。

因為怕他會傷害自己和別人，給予他手腳保護性約束，推到隔離的房間後，他仍然髒話百出，不斷挑釁警方和醫護人員。

當晚值Leader班的我，看著滿滿的急診病患，還有四床無法轉入加護病房的病患，以及這個囂張的酒鬼，壓力排山倒海而來，最後我終於憋不住怒氣，把剛剛從他嘴巴出來的髒話，全部用我的嘴巴吐出來還給他。

在外面的學姊看到我抓狂了，趕緊關上門，避免嚇到其他病患。我給這名男子吊上點滴，鎮定劑靜脈注射後，他立刻進入夢鄉。

這時陪伴他來的老婆，才喃喃地說，他以前喝完酒都不會這麼誇張，不知道是不是因為前陣子失業的關係？聽到這些話的瞬間，我有些後悔對他的斥責，轉而同情，但卻又憤恨他的無理，情緒百感交集。

當我沉澱下來，將這些事分享給其他的朋友，學姊給了我一個深深的提醒：「你應該將自己的情緒收藏起來交給上帝，他鬧情緒，你能幫助他的應該是鎮靜，而不是被他牽動情緒。看到一條被酒精捆綁的靈魂，你可以做的是求主赦免一切的罪，鬆開一切的捆綁，做該做的事，不管他是哪一種人。

「壓力大的時候，記得求告上帝，讓上帝將壓力挪走，因為唯有神的大能，才能將我們凡夫俗子的老我制住。禱告求神幫你更有耐心，更有神的慈愛充滿你。若真的對上帝的恩典有疑問，求聖靈親自教導你，為什麼這些人會遇到這樣的事情。」

聽到這些話時，我的心裡其實很不是滋味，覺得學姊的話，像那些高高在上、不了解民間疾苦的長官說的話，因為當時承受壓力的是我，而不是她。

但沒想到，去教會上基要真理班時，就被上帝的話狠狠訓了一頓！課堂上，牧師準備來個翻聖經比賽，他請大家起立，由他講一個經節，譬如說「約翰福音三章四節」，我們就要趕快翻閱，翻到的人讀出來後就可以坐下。

因為前陣子有固定讀《新約聖經》和禱告，所以牧師考驗的七、八句經節，我幾乎都有畫上重點線，除了……除了下面這一句：

污穢的言語一句不可出口，只要隨事說造就人的好話，叫聽見的人得益處。

——以弗所書四章二十九——三十節

阿爸父，我認罪。阿爸父，求您親自管理我的舌和嘴。

爭吵

那一幕確實震撼了我的心，擁有滿腹醫療知識和經驗的資深醫師和護士，只能呆若木雞地站在那，無法對那氣憤及心碎的婦人說出任何一句話。

「這位女士，等一下你先生若想尿尿的話，麻煩留一些尿到這個管子讓我們做檢查。」學姊把尿液檢驗管遞給家屬後，忙著把壓脈帶綁在病人身上開始量血壓。

「留什麼尿？他到現在還是全身四肢僵硬，你要叫我們怎麼留尿？」年近半百的女子，口氣不悅地回應著。

「因為我們要做檢查、找原因，確認是什麼造成他全身不舒服的情形。」學姊仍然繼續量血壓的動作，並對家屬解釋。

而那女子，終於無法控制情緒，破口大罵：「檢查個頭啦，我們從進來急診到現在已經三個小時了，你們就把我先生丟在這裡，什麼治療都沒有做，他到現在還是四肢僵硬，一點改善都沒有，還做什麼檢查。」

已經忙碌了七個小時都沒休息的學姊，有點快耐不住性子：「你覺得我們沒有幫你先生做治療嗎？他一進來，我們就幫他抽血檢查、吊點滴，我現在也在幫他量血壓和體溫，這不是在幫他做治療嗎？」

「做什麼治療，我們已經被擺在這裡兩個小時了，現在才說要做治療，不用做了啦！我們也不要驗什麼尿了。」

本來在忙碌其他事情的我，也忍不住被婦人的怒氣吸引，看到她氣得大口喘息，而病床上的丈夫，全身無力到一點動作及表情也沒有，成了極強烈的對比。

還在氣頭上的婦人，繼續罵道：「這是什麼爛醫院，看病是這樣看的喔！只知道賺錢，不顧病人死活，我們乾脆辦出院算了！」

「楊醫師……」學姊無奈地看著主治醫師。

「好啊，如果他們不想驗尿、想出院，就讓他們AAD（病患自動出院）（註一），把自動出院同意書給他們簽，就可以讓他們出院了。」帶著口罩的楊醫師，無法從表情看出他的情緒，而他的聲音，永遠是那麼溫和。

於是，我趕緊拿出一份AAD同意書遞給學姊。

「好吧，如果你不想讓我們繼續幫你先生檢查而堅持出院的話，那麻煩你在這裡簽一下。」

婦人故意轉頭不理學姊，雙手在胸前交叉也無拿筆的跡象，她的情緒仍在高漲著：「簽什麼同意書？我為什麼要簽這份同意書？明明是你們的錯，為什麼要我簽這同意書？我連他的抽血報告是怎樣都不知道，你們就要趕我出院。」

看不下去的楊醫師，拿著病歷走到病床旁邊，直視著婦人說：「這位太太，在你先生一進來時，我們就幫他抽血了，而抽血報告也看不出來他是被感染，或是什麼疾病造成他現在這樣，所以我們要留尿繼續做檢查，如果你們不願意配合，想出院，簽個同意書就可以回家了。」

「我不要簽什麼同意書！」婦人仍氣憤的說，並用手指著學姊：「你叫什麼名字？」然後又手指著楊醫師：「還有你，你叫什麼名字？你們有膽就把名字說出來，我要抄下你們的名字，跟X週刊（專門挖八卦及各種內幕的雜誌）爆料，讓大家知道這家醫學中心的醫生護士服務態度有多差！快啊，快點跟我說你的名字啊！」

原本一起協助學姊拔病人點滴的我，停止了動作，我看著那婦人，她別過頭去，不願意再看到我們。就這樣，病床的左邊站著怒氣沖沖的家屬，病床的右邊，一個是拿著病歷的資深主治醫師，一個是拿著AAD同意書的資深護士，彷彿被點穴了般，全部都僵在現場，比中間那個四肢不能動的病患還僵硬。診間裡所有的病患也自動安靜下來，不知道是覺得此時不適合繼續哀嚎，還是打算看這部好戲要怎麼繼續下去。這一幕，持續了將近三分鐘，第一次覺得三分鐘可以過得像三年那麼久，直到學姊開口要婦人先想清楚，要出院還是繼續做治療，再跟我們說，才化解了僵局。最後，婦人還是妥協，決定繼續留下來做治療和檢查。

那時候的我，心裡真的是五味雜陳。他們明明是付了錢、應該享有權利的消費者，卻因為對醫療領域的陌生，得被迫聽從醫護人員該做什麼和什麼，而沒有掌控的權利。但是難道醫護人員有錯嗎？兩個護士加上一個醫生，照顧著源源不斷湧入的病患，捫心自問，我們已經盡力去做到最好、最快了，但畢竟不是超人、不是千手千眼觀世音、更不是萬能的上帝，只有兩隻手的我們還是得一件事、一件事的完成。

那一幕，確實震撼了我的心，擁有滿腹醫療知識和經驗的資深醫師和護士，那時卻只能呆若木雞地站在那，無法對那氣憤及心碎的婦人說出任何一句話。我們可以對病患說出一堆醫療大道理，但這時候卻吐露不出一句安慰的話。但事後想想，我們選擇安靜，讓家屬可以盡情的發洩完她的情緒，事後再由其他人介入，如其他醫護人員或者志工，進行安慰、陪伴或解釋，是可以化解這場衝突的好方法。

「對不起，我承認這是我們的錯。」聖經的教導，讓我當時有股衝動想對那婦人說出這句話，但在醫院的原則中，是從來不先認錯。認錯，表示你可能要捲入一場永無止盡的醫療糾紛中，賠上大量的金錢及時間，甚至賠上了工作。但今天這一場對話，讓我看清楚了，病患和家屬，在醫病關係中總是處於弱勢，因為他們對於醫療的所知太少。

溫良的舌是生命樹；乖謬的嘴使人心碎。

——聖經箴言十五：四

回到家後，心裡很難過，因為當時的我，一句安慰的話都說不出口，只是跟婦人說：「如果還有什麼需要我們幫忙的，趕緊跟醫師或護士說」。學了那麼多神的教導，真正碰到需要安慰的人在你面前時，我卻一樣一句話都說不出口，只記得學姊說的話，把過程紀錄清楚，免得病患到時候告我們。但是我想，他們應該是無助勝過憤怒，我們最需要做的，就是多多關懷他們吧。

註：所謂自動出院，就是病患或家屬不願再接受治療，在醫師覺得還不適合出院回家的情況下堅持出院，他們必須簽署同意書，若出院後病患有任何問題，醫院並無責任。

生命的威脅

我二話不說把鐮刀丟進了針頭收集桶。雖然這支鐮刀是他的私人財產，但誰知道，等一下會不會插進我們醫護人員的肚子，還是又割傷另外一個人。

「X你……，我X你……，XX……」正在留觀室幫病患做衛教的我，突然聽到前面診間一連串不堪入耳的髒話，且一次比一次大聲，一次比一次激動，所有診間的病患和家屬，目光也瞬間集中到了一處。

「又是哪個酒醉發瘋的酒鬼？」我擔心前面診間的學姊有危險，趕緊跑了過去。果然不出所料，一個滿臉、滿身是血的壯漢，被醫師和警衛拉著，他卻像火山爆發一樣，手指著某位學姊，拚死拚活地直罵髒話。不必跑到他面前聞出全身酒臭味也知道，像這種全身滿是血和傷口，卻還精力充沛的，只出現在兩個地方：一個就是電影裡面的英雄，一個就是喝到爛醉如泥被送來急診的酒鬼。哼~~醫護人員也是人生父母養的，為什麼要呆呆站在那邊讓他羞辱？

唉，這就是急診，一個工作起來會讓人戰戰兢兢的地方。學校老師總是說，護士應該要照顧到病患和家屬的身心靈，但卻忘了提醒我們，自身的安全更勝一切。

出入急診的人口複雜，所以常常會碰到一些威脅到我們生命安全的事情，譬如打架受傷進來掛急診的，精神病患發作進來掛急診的，著急又脾氣暴躁的家屬……許許多多的事，總是讓我們身陷危險當中。

曾有個學姊，在留觀室當班，一位病患的朋友，突然亮出他藏在口袋的水果刀，把她逼到角落，跟學姊表示他沒辦法控制心裡想殺人的念頭，還逼她不准大叫，不然刀子就立刻插進學姊身體。要不是剛好有另一名男護士經過，化解了危機，不然咱們精明能幹的小護士，立刻就要變成一級急救的病患了。

還有一次我上大夜班，一個中年壯漢被一一九送進來掛急診，那男子處於半醉半醒中，說自己是騎機車出車禍，但身上那幾個傷口卻不像車禍的撕裂傷，反而比較像被玻璃割傷。在治療的過程中，他情緒有些激動，不太願意配合，我花了許多時間安撫，他才肯讓醫師蓋上洞巾，縫合頭上的傷口。這時，眼尖的我，突然看到他的褲子口袋露出了一節木柄，我偷偷地將它抽出來，是一支割稻草的鐮刀！心裡警覺：出車禍？我看是打架打輸的吧！

我二話不說把鐮刀丟進了針頭收集桶。雖然這支鐮刀是他的私人財產，但誰知道，等一下會不會插進我們醫護人員的肚子，還是又割傷另外一個人，造成醫院和社會成本的負擔。

而我印象最深的，莫過於過年時發生的一件事。當時急診室被一堆病患和家屬塞爆了，我們沒時間休息，一直不斷地處理病歷、抽血、打針、給藥、衛教。然後，學姊叫我幫忙一個病患抽血打點滴。他是一名警察，很明顯酒醉的警察，全身充滿著怒氣和敵意。當我向他表示要抽血打針時，他目露凶光地說：「你真的會打嗎？要是我覺得痛就扁你喔！」唉，上帝啊，你是要整我嗎？他的血管那麼粗，在我扎下去的那一瞬間，他手痛得縮了一下，造成打針失敗，打針處立刻瘀血腫脹。他看到打針的傷口腫了起來，還要再被打一次，氣得破口大罵：「你這個不良少年！居然把我的手打成這樣，你不要走，你的身分證號碼多少，給我過來！」

我當時很想扒開他的衣服，用麥克筆在他肚子上寫下我的身分證字號，順便畫隻烏龜，但學姊叫我待在診間做別的事，不要出去，以免被他看到，讓他更生氣。平白無故被罵，卻只能忍氣吞聲。後來，我拿起他的病歷，主訴那邊寫著：「……想拿槍殺人，喝完酒後脾氣更是暴躁，無法控制自己，所以被派出所的同仁強押就醫……。」

美國著名的影集《急診室的春天》其中一集的內容，是寇特醫師被一位他很關心的病人，以水果刀從背後刺傷。寇特醫師休養了半年才漸漸復原，父母堅決反對兒子回急診，但他很熱愛急診的工作，所以又重回了崗位。

只要是急診，工作環境就是那麼危險，不論是電視劇，還是我的工作場合。

我不知道，如果有一天我也因為工作被攻擊，是否還有足夠的熱誠及勇氣回到工作場合。但是我認識的這群急診醫師護士們，仍然堅守各自的崗位，每天按時到急診室報到，除了獻上最高的敬意，我不知道該如何表達我的崇拜！

編按：目前各醫院急診室已陸續裝上有磁卡才可以進出的感應門，以保護急診團隊的安全。

天使的眼淚

終於，她決定打破沉默，開始向我講述哭泣的原因。原來，這陣子不論學姊、學妹，一個個離職求去，給了她不少壓力。

學妹的哭泣

晨會時，大家都異常地安靜，聽著護理長Lulu姊報告一個慈濟師兄過世的消息。

她說：「這位師兄兩天前因為氣喘和胸悶進來掛急診，經過治療比較好轉後，轉到留院觀察區。在留觀的時候還和其他師兄、師姊有說有笑，也會和護士聊天，只有在下床上廁所時，才會抱怨走一點路就喘。半夜，他突然開始呼吸困難，推進急救區急救後，便送到加護病房。今天就聽到這位師兄已經過世了。因為他的病情轉變得太突然，我調了病歷下來看，才發現你們很多護理記錄都沒有寫清楚，很多事情你們做了，但也沒有記錄上去。而整個醫療過程，也有一些環節有問題。」

大家聽完了護理長的描述，開始議論紛紛，並提出自己的意見和看法。有人說某某醫師不應該亂跑，我們報告病患的狀況時他就該來關心病患；有人說師兄本身的一些潛藏危險因子，本來就會讓他走向死亡，無法完全避免。有些照顧過他的護士，忙著解釋自己照顧很周全，沒有疏失。大家你一言、我一語，護理長也安靜地傾聽。

「我今天要和你們分享的，主要是憶菁(註)的表現。因為護理記錄許多地方不清楚，我要她到加護病房重新寫。昨天，我看她紅著雙眼走進辦公室，問她怎麼了，她的眼淚就開始像瀑布一樣地一直哭。她說，之前照顧師兄，還和他有說有笑的，但今天上去補病歷，看到他身上插滿了管子，就忍不住哭了。沿路走回急診室時，她一直很懊悔，如果她能更注意師兄的問題就好了，或許她更好的話，師兄今天就不會這樣了。」護理長頓了一下，又繼續說：「我想要說的是，憶菁雖然是個菜鳥，她和你們這些學長姊比起來，雖然學理不夠，技術不好，動作不快。但在你們忙著推卸責任時，她卻是在檢討自己；她為師兄哭成這樣，真正做到了同理心，這是我們這些學長、學姊要多多向她學習的地方。」

許多護士在日以繼夜的工作後，已經變得愈來愈麻痺。而當初的熱情，卻得靠著護理新血帶給我們當頭棒喝，教學相長。

學姊的哭泣

「先生，請你不要這樣，既然你來醫院了，就好好休息，乖乖地配合醫院的規定，不要再鬧了。」雖然學姊聲音還很溫柔，但已經聽得出來口氣中充滿了怒氣。在另一旁照顧其他病患的我，無奈地搖搖頭。可憐的學姊，碰到喝醉酒撞破頭的病人，一下子要在病床抽菸，一下子硬要下床上廁所——即使他連站都站不穩。糟糕的是，這個酒醉病人的家屬根本懶得理他，不想來照顧他。

「閃啦，ＸＸ！離我遠一點啦。」突然聽到那個病患在吵吵鬧鬧時，冒出了這麼一段話。髒話果然有吸引力和凝聚力，所有的病患和家屬全都安靜下來，往那邊望去。我看著學姊安靜地低著頭走回護理站，拿出病歷，右手拿著筆，卻整個人一直在顫抖，一個字也寫不下去。

「學姊，不要擺在心上。他喝醉了，不要理他。」我忙著安慰學姊，那個病患卻還一直在床上叫囂。這時，學姊眼淚開始一顆顆地掉了下來，她強忍著擦去淚水，戴起口罩遮住了臉。

年輕氣盛的我，哪受得了自己的同仁這樣被欺負。「你再叫一聲試試看！」我開始大罵：「喝醉酒就可以隨便發酒瘋是不是？我們這樣辛苦地照顧你，是因為尊重你是個病人，但誰說你有權利可以亂罵我們？誰准你這麼囂張、亂罵髒話……」我想，我那時候的眼神可以殺死老虎，我那時候的伶牙俐嘴可以去參賽得獎。這個病人突然變得很安靜，其他病人和家屬也配合演出，變得更安靜。

「你既然那麼不喜歡我們照顧，好啊，你就簽個名，我馬上幫你拔點滴讓你走。」我立刻把自動出院同意書放在他面前，手拿著筆逼他簽名，雖然，他這時已經安靜得像個犯了錯、等待處罰的孩子。

後來，副護理長把這個病人推到其他診間，讓其他護士繼續照顧他。而學姊，紅著雙眼，擦著掉不完的眼淚，繼續上完班。

大部分的護理人員，在這個複雜且嚴苛的工作環境下，被訓練得愈來愈強悍，但大家似乎忘了，她們也還是一個需要被尊重、被疼愛的女生。

護理長的哭泣

這天是連續第六天上班了，想到明天還要來上班，心裡覺得很悶。我走到護理長辦公室，想看看到底什麼時候才會放假。忘記敲門的我，撞見了掛著兩條淚水的Lulu姊。

「對不起！」不知所措的我趕緊道歉。Lulu姊擦去淚水說：「沒關係，有什麼事嗎？」我說想看一下班表，拿了班表，我就乖乖地坐在牆角看。她繼續看著電腦系統裡面的班表，也沒有要我出去，兩個人就這樣讓安靜充滿每一寸空氣，氣氛像蜘蛛網裂痕般擴張的冰塊。那幾分鐘，好像幾個小時這麼久。

終於，她決定打破沉默，開始向我講述哭泣的原因。原來，這陣子不論學姊、學妹，一個個離職求去，給了她不少壓力。有的人脾氣變得愈來愈暴躁，有的人累到邊吊點滴邊上班，大家也開始有愈來愈多的抱怨：「為什麼我要上十二小時的班？八個小時就累到快虛脫了，還要上十二小時。」

Lulu姊知道大家都撐得非常辛苦，幾乎天天和督導討論解決方案，也問了每一個單位的護理長，是否有多餘的人力可以支援急診。雖然護理長們熱心派人來支援，但我們的乾旱之渴，卻需要超越五、六倍的支援人力才有辦法解決。她剛剛看了其他單位的班表，還有人可以放兩天、三天，但我們的同仁卻連上七、八天才能放一天假，想到大家這麼努力地撐著，卻不知道何時才可以結束這種苦日子，而她一點辦法都沒有，所以忍不住哭了。

那時年輕不懂事的我，忍不住在網站上抱怨訴苦。而我的文章，又被某善心人士e-mail給護理部所有的長官，引發了護理部主管的重視，積極開會溝通，了解我們的需要，並調度適當的護理人力來急診支援，總算讓我們度過了那一段黑暗期。

每每想起那段酸甜苦辣的日子，總覺得很感謝主，讓我們順利的度過，沒有放棄，而是和其他的急診同仁共體時艱，撐了過來。

根據臺灣護理公會的研究統計，許多先進國家（譬如美國）享有良好的醫療服務品質，一個護士平均照顧四到六個病人。但護士每多增加照顧一個病患，病患的死亡率就會增加百分之七。而在臺灣，白班一個護士照顧八到十二個病人，小夜班更多，大夜班最多，工作壓力過大，造成護理人員離職率居高不下。

護理人員被壓榨是其次，病患的生命安全被忽略才是可憐。到底怎麼做才能解決護理人力荒呢？

今天，是臺灣的護理人員在哭泣。明天，或許會變成是家屬或者病患在哭泣。

註：憶菁護理師已改名「詠馥」。

冬令發放

一個小女孩，手上拿著餅乾，想到我們就要離開，忍不住哭泣起來，我忍不住又把她抱在懷裡。愛真的不是口頭說說的，是從你的雙手流露出來的。

當我決定要去參加冬令發放時，好友聽到笑了出來。

被他稱作「少爺」的我，很難想像會參加這樣的活動，因為我平常習慣睡很軟的床，不習慣每天吃素，能不穿制服就不穿，也不喜歡背一堆東西出門，而且——我是個基督徒，現在居然要跟一群慈濟人去貴州「冬令發放」？朋友答應我，會天天為我禱告，讓我參加冬令發放一路順利。但其實，一直到出發前，我心裡都還在為這個決定感到忐忑不安。

對一個基督徒來說，要參加佛教團體的活動挺尷尬的，因為不同教義，很多說的、做的、想的都不一樣。會讓我下定決心，是心裡想著：「他們也是上帝的子民，我可以因著上帝為他們做些什麼？」難得我可以因著慈濟，有機會走到這麼深入大陸的地方、看到那些可能一輩子都不會接觸到的人們，我真的應該好好把握。

第一天開始，就可以感受到慈濟人的用心和付出。從關渡的慈濟人文志業中心集合開始，到板橋志業園區，香港及貴陽的機場，一直到羅甸縣的望月賓館，每一站都有很多師兄、師姊在背後默默地付出，讓我們可以飛越千里來到貴州。雖然有許多不習慣，譬如我開始每餐吃素食，開始穿一整天的制服，耳邊聽到的不再是聖經金句，而是證嚴上人《靜思語》，但我也真的多出很多機會，更深入了解慈濟人文。而接下來冬令發放和下鄉訪視的服務，讓我覺得這一切都太值得了；讓我有「見苦知福」的機會。

第二天在平岩鄉發放時，我的第一個感動是慈濟基金會的陳建谷師兄給我的。之前完全不認識建谷師兄，前兩天接觸他時，都覺得他像是溫而嚴的慈濟人，和教會牧師在臺上又叫又跳完全不一樣。當師兄、師姊開始帶村民比《美麗晨曦》手語時，他笑得非常燦爛，嘴巴都快裂到耳根了，不僅讓人感受到他很享受這樣的服事，也讓我覺得，等一下發放時，我也要很享受服務別人的機會和感覺；我想，「甘願做，歡喜受」，即是如此吧。

嗯，上帝很眷顧我，讓我立刻可以實踐「甘願做，歡喜受」。

發放的物品有棉衣、棉褲、牙刷、毛衣、麵條和大米等，我第一天被安排最耗體力的發大米。平常我只肯在健身房把體力耗盡，如今我卻可以藉著發放一包包的大米來耗光體力。一包六十斤的大

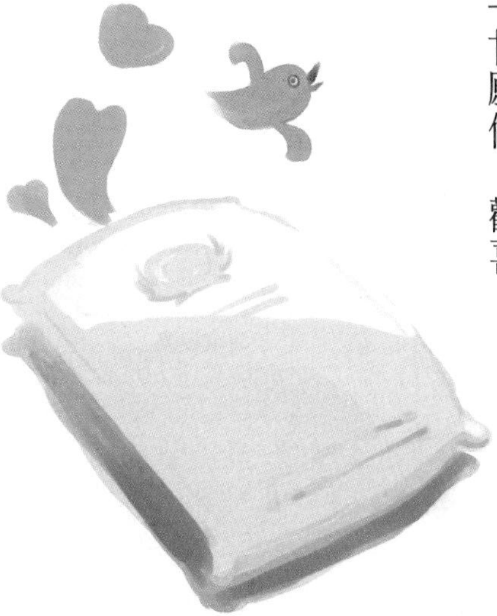

米，其實搬了半小時就開始覺得全身痠痛，但大排長龍的村民，卻有種督促我不能停下來的力量。而讓我能夠「歡喜受」的，則是看到一個個笑開了的村民，以及他們每個人背後的那個家。

很感謝魏良旭師兄的幫忙，本來志工們扛幾趟大米後就累到不行，因為他以身作則，讓我和其他志工的腎上腺素都被激發了，努力地扛大米堅持下去。而讓我最感動的是一個布依族少年，他一趟又一趟地幫助村民們扛大米，一次都是三包、四包的扛，他用手指比著自己的肩，表達他可以繼續，毫無怨言。

下午到里矮村訪視時，也學到了很多東西。我們還沒下車，村民們就已經用他們能拿出來最好的大禮「甘蔗」迎接我們了，一下車就一人一支，還不能拒絕他們的熱情哩！師姊做家訪時，也問得很仔細，家裡每個人的近況如何？有拿到救濟物資嗎？救濟物資夠不夠？孩子有去讀書嗎？現在屋況如何？慈濟還能給些什麼樣的幫助？師姊不但真誠且深入地關心他們，也確實讓我看到慈濟不浪費所有捐款人的捐助，把每一分錢確實用在有需要的人身上。

喜愛孩子的我，也利用相機照下他們的笑容，再顯示給他們看，孩子們笑得非常開懷，和我們打成一片。一個孩子在我們要離去時，舉起雙手說：「我不讓你走。」孩童的純真滿滿地溫暖了我的心。然而，他們可以和你很親近，不怕生，但是卻害怕被擁抱，拒絕被擁抱。這些孩子的父母幾乎都在外地工作，阿公、阿嬤也都老得無法好好的照顧他們。我多麼希望，他們可以常常被擁抱，擁抱是最真實與溫暖的愛。

此外，我也被許多的話感動了。一句是德昕師父握著一位阿嬤粗糙的雙手跟她講：「你的雙手很美！」那是對歷經歲月磨練後的人給予最美的祝福與讚歎。阿嬤雖然又老又殘，還有個活動不便的兒子和智能不足的女兒要照顧，但她總是把眼淚藏在心裡，用最燦爛的笑容迎接見到的每一個人。師兄一直喊她「媽媽」逗她開心，她用布依族話回應說：「你們在冬天帶來衣服和食物，你們才是我的爸爸媽媽。」沒讀過書的她，卻有著要開心或要難過地過日子是由自己選擇的體會。

另外一句話忘記是誰講的了，「物質再窮困，只要心中有愛，就可以很富有。」阿嬤的家沒有大門，牆也破了，但滿臉笑紋的她，是很富有且知足的。

第三天在董王鄉發放時，讓我有很多機會彎下腰，把毛衣和襪子交到村民手上，跟他們說聲辛苦了、祝福你，而他們也總是很熱情地向我們道謝，甚至緊握我們的手，捨不得放開。在最後結束階段，我也很高興可以親自奉上餅乾給當地志工，親自為當地領導圍上慈濟的環保圍巾。一個小女孩，手上拿著餅乾，想到我們就要離開了，忍不住哭泣起來，我趕緊向前抱抱她、安慰她：「你要加油喔，快樂地生活，努力地讀書，將來有能力要去幫助更多的人。」沒想到，她反而哭得更大聲了，我忍不住又把她抱在懷裡。愛真的不是口頭說說的，是從你的雙手流露出來的。

氣溫三度～～，第四天起床起得很痛苦。然後，零度～～，走下車到八總鄉的發放現場，突然很懷念臺灣的墾丁，尤其我的手指、腳趾，又麻又痛，鼻子掛著鼻水，外套和手套一點都擋不住刺骨寒風。但來不及抱怨，我已經忍不住心疼起整個操場的村民了。孩子、婆婆、爺爺，甚至年輕力壯的年輕人，每個都被凍得發抖，似乎連跳「阿爸牽水牛」的力氣都沒有了。但寒冷的天氣，擋不住每位慈濟人的熱情，大家的鼻子和手腳都被凍僵了，仍然堅守崗位。

但最令人難過的，是下午下鄉訪視。零度的天氣，他們卻只有竹籐編織成滿是洞洞的牆壁，我不懂這種無法遮風又無法擋雨的屋子，他們為何還可以如此樂天知命。

霎那間，我明白，終於，我真的親眼看到「家徒四壁」這個形容詞。沒有家電，沒有乾淨的水，只有竹子拼湊成的床；滿街跑的孩子，雙手污穢，滿臉凍傷，有個孩子甚至一、兩年沒洗手、洗澡了。

我們走到一位阿公家，看到他瘸了腿，只穿著外套，露出排骨的胸膛，我和建谷師兄合作，趕緊幫他穿起慈濟準備發放的內衣、內褲、襪子和毛衣，再忍不住抱抱阿公，用他聽不懂的普通話祝福他（唉，我真的不會講苗族話）。我還能幫阿公做什麼呢？看到地上有一罐面霜，我想到可以幫阿公擦擦臉！但細心的師兄，已經先用濕紙巾幫他擦乾淨臉，才讓我幫阿公擦面霜。「愛人如己！」一心底響起了這句震撼人心的話。感謝主，讓我有機會可以實踐這句話。

第五天，寒流發威，氣溫更是降到了零下二度，又濕又冷，我們要去探訪移居到大愛新村的村民。當初他們住在深山裡，每個人的家都不像家，遷村至此，有堅固的房子可以住，孩子們離學校比較近了，村民們也和市區的人有互動的機會，他們終於知道，努力打拚工作，還是可以脫離貧窮的。我們為每個家備好一袋新年禮物，以及兩份春聯。在寒冷的天氣裡，我們和村民一起圍爐吃火鍋，一起跳舞比手語，一起圍爐取暖，一起度過了愉快的一天。搬到新家後，每個人臉上都堆滿了笑容，也開始有錢可以買些家具家電，雖然這邊仍然缺水缺電，但和之前相比，生活品質真的改善很多，也看到未來更有希望了。

真的感謝慈濟，這十多年來，對貴州省羅甸縣的貧窮百姓長期的關心和付出。我在心底偷偷地跟主說，求你給我更多服事別人的機會，也求你給我更多機會可以親自體會和實踐：「入苦，見苦，滅苦；知福，惜福，再造福！」

見鬼

急診室裡面，許多人怕鬼怕得要死，但她們卻愈怕愈愛聽。而那個學姊和學弟，卻好像伯樂遇到千里馬一樣，還會互相交流，討論跟鬼打交道的情境。

「學長……」憶菁學妹用哀求的眼神看著我。「幹嘛？」快忙到瘋掉的我，不耐煩地回應著。

「可不可以陪我到急救區點班？我會怕！」

「你怕有鬼喔？」我才剛脫口而出那個關鍵字，她就嚇到尖叫打斷我的話。

「好啦，陪我進去，我知道你人最好了。」她也不等我回答，就硬把我拖進急救區，開了燈後，千叮嚀萬交代要我不能沒人性，直接落跑，要等她點完班了才可以出去。

她就是我們單位最怕鬼的學妹，雖然她從來沒有看過鬼。

偏偏我們單位有兩個自稱可以跟鬼感應的學姊和學弟，讓憶菁學妹更感覺到急診鬼影幢幢。

那位號稱可以感覺得到鬼魂存在的學姊，身體非常敏感。她手上總是掛著佛珠，脖子上戴著黑水晶，她說這不但可以調和身體的磁場，還可以趨吉避凶。有一次小夜班，一位車禍的阿公在急救區急救無效，後來由家屬及禮儀師送至地下室的助念堂。這個學姊剛好上大夜班，來的時候，急救區都已經清乾淨而且恢復原狀了，但她一踏進急救區，就開始渾身不對勁，馬上在洗手槽狂吐，吐到全身虛脫無力。她說，她感覺得到「那個」怨念頗深，讓她的磁場被嚴重干擾，全身不舒服，詢問小夜的同仁，才知道剛剛真的有個死於非命的阿公急救無效。看來，阿公的怨念，勝過學姊水晶的法力。

至於那個學弟就更絕了，他說自己可以看得到鬼魂，甚至可以和鬼魂心靈溝通。有一次，救護車送來了一個酒後無照駕駛出車禍的小女生。她送進來時，全身被消防隊員用長背板固定，一路CPR進急救區。因為進來時頭骨破裂了，沒有成功地救回來。後來小女孩的遺體被送至助念堂，而消防隊的長背板就被丟在牆角橫放著。學弟一直不敢碰那個長背板，一個學姊就念他：「長背板擺在地上那麼佔空間，你不會把它立起來喔。」說完就伸手把它立起來放在牆角邊。學弟看到，倒抽了一口氣。

過了很久很久，他才心有餘悸地說：「我看到那個小女孩，被約束在長背板上，頭和手和腳都被約束帶綁起來了，她就這樣跟著長背板躺在地上。當學姊把長背板立起來時，她也跟著立起來，懸在半空中，一樣在長背板上動彈不得。」當時圍著他聽故事的護士們，頓時尖叫聲四起。

急診室裡面，許多人怕鬼怕得要死，但她們卻愈怕愈愛聽。而那個學姊和學弟，卻好像伯樂遇到千里馬一樣，還會互相交流，討論跟鬼打交道的情境。

學弟說，其實我們不用害怕，若我們看不到鬼魂，那他們也看不到我們，他看得到鬼魂，所以鬼魂也看得到他。而且，他感受得到他們的「需要和情緒」，而他們也知道他心地善良，所以就算看到學弟也不會想要傷害他。雖然如此，怕鬼的憶菁學妹，還是很怕鬼，而頑皮的學弟，也愛跟她講一些有的沒的，直到有一次，他終於嘗到了苦果。那一次憶菁學妹上小夜班，處理完所有的事情，已經是半夜兩點。大夜班Leader覺得很奇怪，她為什麼在急診室東晃西晃還不趕快回家，詢問之下，才知道原來學弟又跟她講剛剛在急救區看到了什麼鬼，她很害怕，不敢一個人騎車回家，所以打算等到天亮再回家。聽完原因的學妹，覺得既好笑又無奈，為了懲罰學弟，就叫他護送她安全回到家，買個消夜給她賠罪，護理長第二天知道這件事後，也警告學弟不准再做這種無聊的事。

有時候，憶菁學妹會好奇地問我：「學長，為什麼你都不怕鬼？難道你不相信有鬼嗎？」我回說：「我相信有鬼啊，在《聖經》裡也有記載很多人被鬼附身的故事。但世界上就屬上帝最大，既然我已經是屬上帝的了，沒有祂的允許，沒有一個鬼可以靠近我。」看她半信半疑地走開，其實我還蠻心疼害怕鬼魂對她造成這麼大的恐懼和影響。

前陣子，消防隊送來一個騎機車被卡車追撞的男子，進來的時候，已經臉部變形破裂，而且大小腦外露了。於是我和學姊用白紗布和彈性繃帶將病患的傷口及臉整個包紮起來，學姊並為他打開念佛機助念，我拉起棉被蓋住他全身，等著助念堂的人來接他。好奇的學弟，事後衝進來看他。「你有看到嗎？」我好奇地問。「有啊，他就站在床頭旁邊，很無奈又哀傷地看著他的身體。」「那他的頭是完整的還是破裂的？」我又好奇地問。學弟說：「五官是完整的，頭沒有破掉，也沒有流血。」「那為什麼電影都會演那些死於非命的鬼魂，身上或臉上血肉模糊的樣子？」我第三次好奇地問。「我也不知道耶，學長。」看來，我問愈多疑惑也就愈多了。

後來，聽說「他」跟著哭泣的家屬和禮儀師一起離開了急救區。

「學長，我跟你說，我現在已經不怕了。」在某一天夜裡，憶菁學妹突然這樣對我說，然後自己勇敢地走進完全黑暗的急救區，打開燈，獨自留在裡面點班。這不但嚇到了當時所有聽到的同仁，也留給大家一堆疑問。我們不知道她是怎麼克服的，或許她還是會怕，但是已經有勇氣去面對。或許她有了自己的信仰，知道不用去懼怕鬼神。不論到底轉變的原因是什麼，大家都很為她高興。

對基督徒來說，有一個勝過各種鬼神的上帝來保守我們，是一件幸福的事，就像《聖經》上記載的：「上帝所賜那超越人所能理解的平安，會

我們都是一家人

旺來

有一種人，他不需要靠禁忌食物的神奇魔力，就可以讓一個診間旺到不行，我們也給他一個稱號：掃～～把～～王～～～！

鳳梨，一個拜拜或者店家新開幕時都會擺的水果，希望藉由臺語諧音「旺來」，能夠把好運和財運都帶來。但是，幾乎每個急診醫護人員都對它敬而遠之，大家都相信，只要你在上班前或上班時吃了鳳梨，那天就會業績旺到不行，讓你忙到想要離職。而我們對鳳梨的禁忌，遵守得比初一十五吃素的人還嚴格，舉凡鳳梨汁、鳳梨蛋炒飯、鳳梨酥、鳳梨罐頭、鳳梨娃娃……，任何和鳳梨扯上一點點關係的東西都不能碰，哪怕只是不小心沾到了一滴鳳梨汁的食物。

這個傳說，不管它真實與否，沒有一個人想拿自己做實驗，何必跟自己過不去呢？做得拚死拚活，搞得上班八小時喝不到一口水、上不到一次廁所、全身腰痠背痛，還得麻煩別的同仁過來跟你一起奮戰。我就曾親眼見過某同仁在上班前喝了一瓶可口的鳳梨百香果汁後，他負責的內科診間，不但病人把所有的走道及留觀區佔滿，還擺到外科的地盤上去，而那天，他親自送了四、五個病人上加護病房。從此，我和他發誓，就算被釘上十字架，也不喝那害人忙死的鳳梨百香果汁。

除了鳳梨系列的食品，急診還有很多禁忌食物，譬如牛肉類的也不能吃，旺旺仙貝也不能吃，臺語俗話說的好：「有吃就有保佑，給你忙到死。」然而，有一種人，他不需要靠禁忌食物的神奇魔力，就可以讓一個診間旺到不行，病人的哀嚎不斷，忙到快掛的醫護人員心裡只想要罵……。嗯啊，

不好意思，本醫院注重人文氣質，所以只能用力地說說本醫院的口頭禪發洩！而這一類人，我們也給他一個稱號：掃～～把～～王～～！

陳醫師，號稱醫師群的掃把王代表。只要他值班，好像全花蓮的病人都有默契似地一起生病，該肚子痛的就肚子痛，會心臟病發作的就心臟病發作，大家有志一同湧入了急診，連北宜蘭、南臺東的醫院，都會轉重症病患過來住加護病房。他，就像一個龍捲風，在診間呼風喚雨地盤旋著，病人、家屬和醫護人員，把整個診間弄得熱鬧沸騰，直到下一個接班醫師的到來，診間才又歸於平靜。

至於我，好吧，我承認我也被列入掃把王之一了，學長姊還開玩笑說我生日時，要送我「光輪二〇〇〇」，也就是電影《哈利波特》裡飛得最快的掃帚。我也不知道為什麼，不論待在內科、外科或者留觀室，那裡常常成為當班最忙碌的地區，連值班護理長也對我說：「你爭氣點好不好，不要到哪裡都忙成這樣。」唉，我也想跟上帝禱告，希望全花蓮的老百姓平安幸福、不要生病啊，但我想上帝會看透我的心意，祂知道我只是希望上班能輕鬆愉快點罷了。所以，我不但很旺，還常常碰到奇怪的病患，譬如四個月大被燙傷的嬰兒，外科醫師因為沒處理過這麼小的燙傷病患而傻眼了一下；還有十個月大就被摔得腦內出血的小弟弟，嚴重到必須插氣管給氧治療；還發生了病人自拔氣管內管的意外。連花蓮兒童福利機構負責處理家暴的人都嘲笑我：「兩個月內接了三個奇怪的家暴案件，居然都是你報的，你會不會太旺了一點？」有時候，會旺到對自己發脾氣，我竟然可以在非週休的上班日，把急診搞得像過年一樣忙碌。

因此，我的犯錯機率及遭挨罵和瞪白眼的比率總是排行榜的冠軍，但我還是要感謝主，給我這麼多的磨練及成長的機會。我相信，那些大家口中的旺旺王，一定是上帝知道他們有足夠的專業能力及十足的耐心，所以上帝才敢放心把祂眷顧的子民交給他們，讓他們去照顧病患、去解決病患身心上的病痛。他們是上帝重用的器皿，我真的這麼深深覺得。

久哥

他很厲害，可以一邊工作一邊讀博士班，也活脫脫像個孩子，半夜上班睡很少沒關係，只要有好吃的消夜，把肚子餵飽了，他又會笑得很開心。

他是三軍總醫院過來的醫師，但我怎麼看也不相信他是軍事背景訓練出來的醫師。軍人不就是穿上軍服時帥氣挺拔（或許這是我的遐想），私底下不苟言笑（我承認我有刻板印象），但怎麼他看起來瘋瘋癲癲的？

他很愛笑，雖然缺了八顆牙，但笑起來很陽光。他很厲害，可以一邊工作（急診醫師每天工作十二小時）一邊讀博士班，他的絕活是可以打病歷打到睡著，然後留著病人傻愣愣地在旁邊看他打瞌睡，不知道該不該叫醒他。他手長腳長的，活像個七爺，或許長太高了，走路時不太平衡，頭會歪一邊，身體重心也會偏離中線。他也活脫脫像個孩子，半夜上班睡很少沒關係，只要有好吃的消夜，把肚子餵飽了，他又會笑得很開心。

我也曾經聽他罵過髒話，但從他嘴巴講出三字經，卻會讓人家想笑，很像小嬰兒在模仿大人講話。後來，他加入了慈誠隊，開始喜歡掛著陽光的笑臉對病人或護士說：「感溫喔，阿彌陀佛！」我也愛回他一句：「不客氣，阿門！」但是，那句三字經偶而還是會不小心跑出他的嘴巴，好在有證嚴上人及佛法無邊的慈濟緊箍咒可以壓制他：「久哥，這樣子怎麼當人家的慈誠爸爸呢？你剛上完的課都還給上人了，怎麼辦？」這時，他就會露出做錯事被「抓包」的無辜小孩表情。唉，怎麼會有這麼老了還這麼會裝可愛的大人！

雖然他已經有小孩了，但在急診，還是像一個頑童，老愛拿著他買的數位相機拍來拍去。一下子說：「你們這群同學真有愛心，這麼晚了還來陪你們生病的同學，來來來，拍一張留念」；一下子說：「這個傷口有學術研究價值」，偷偷地拍下來；沒病人的時候，就抓著一個又一個護士合拍大頭貼；另外，那些爆笑到不行或者上不了檯面的對話，也被他用錄影方式偷偷錄下來了。「你們不用擔心，我這臺解析度很讚，而且記憶體有1G，不怕錄不到。」哇，我們擔心的是身敗名裂，不是你這種奇怪的保證好嗎？

急診，是個很容易讓人煩躁的工作場合，一起上班的同事太像老媽子愛碎碎唸，會讓人覺得很煩；病人太多會讓人覺得疲憊；家屬或病患不合理要求太多會讓人動怒，尤其是那些把叫人鈴當玩具玩，把護士當僕人使喚的病患……。我覺得自己已經是夠開朗的人了，卻還是常常被大大小小的雜事衝撞我的情緒指數，起伏不定，不易控制。但是，和久哥共事到現在，只看他發過兩次飆，對著喝醉酒又無理取鬧的病人發脾氣。

或許，他天生就是適合急診這個圈子吧，如魚得水。

然而，最讓我羨慕的，就是他的皮膚。只要一熬夜，我皮膚就開始暗沉下來，而且雨後春筍般的青春痘多到讓人驚恐的地步。但是久哥，即使每天只睡三、四個小時，皮膚一樣水噹噹的，要不是缺了那八顆牙，還滿適合去拍男性保養品廣告。

久哥，他就像小太陽一樣，旁人也很容易感染他的活力，就像《聖經》形容的，是世上的光、世上的鹽、是麵團裡的酵；小小如他，影響卻很大。

仙女

這個聰明能幹的女子，厲害的程度，連那種講原住民話語的六、七十歲獨居老人，她也可以想盡辦法找到遠在西部的兒子，請他趕過來看他媽媽。

她常常會人來瘋

「王先生，你現在在慈濟醫院急診室，放輕鬆，乖乖地在床上休息。」她試著安撫一個喝醉酒倒在路邊睡覺，後來被好心的民眾報案，被好心的一一九送進來掛號的酒醉中年男子。

「啊——，不要拉住我，我要回家，這裡是什麼鬼地方，怎麼到處都白白的？大家也都穿得白白的。」男子邊胡言亂語邊極力掙脫保全的保護性約束。

「王先生，你要乖喔，這裡不是鬼地方，這裡是仙界，所以到處都白白的。」已經沒耐心的學姊，開始發揮見人說人話，隨便他要怎麼聊都可以繼續聊下去的功力。

聽到這裡是「仙界」，他突然安靜了下來。「那你是誰？為什麼在這裡？」

「呵呵呵，這裡是仙界，我當然就是漂亮的仙女姊姊囉。你要聽仙女姊姊的話，乖乖地躺在床上休息喔！」

我不知道這是不是高明的心理支持，也不知道護理系的老師或心理醫師會怎麼看待這段對話，但是酒醉的王先生確實開始乖乖地躺在床上，呼呼大睡了。

她是有創意的護士

同樣又是某個大夜班，一位酗酒又吃大量安眠藥自殺的病患被送進來掛急診，四、五個大男人都壓不住孔武有力的他，好不容易在協力合作下，才把他的四肢約束在床上，保護他自己和周遭的人不要再受到傷害。他還是一直在床上大吼大叫，約束的帶子也被扯到好像隨時都會斷掉，打了好幾支鎮定劑都沒有效。

「林醫師，還要再打一支鎮定劑嗎？」已經被他折磨得失去光彩的另一位學姊無奈地說出這句話。

「不行啊，已經打那麼多了，再打下去，我怕他會呼吸抑制，到時候變成要on endo（插氣管內管，接上呼吸器幫病患呼吸）怎麼辦？」

這時，突然見到仙女學姊衝過來，輕輕柔柔地跟他說：「我知道你很想回家，但是病還沒有好，你要乖乖配合我們呀，來，你跟著收音機的音樂一起唱！」她右手「啪」的一聲，打開了念佛機。

「南~無觀世音菩薩，南~無觀世音菩薩。」病患真的就像搖籃上的嬰兒，嘴巴跟著念佛機哼哼唱唱，不到十分鐘就進入了夢鄉。

她用念佛機安撫酒鬼的高招，被大夜班同仁一直沿用至今，成為急診護理人員予以病患心理支持的方法之一。

她是嚴格的管家

「白班外科護士是誰？你不知道這些器械沒有包好嗎？你沒有追上一班嗎？那等一下供應室的人來了怎麼跟他們寄消（註一）？」

「大夜CPR區護士是誰？你大夜又沒多少病人，為什麼不把急救區的環境整理乾淨？你看，這幾臺機器的導線上面還有血跡，抽痰瓶也很髒，還有……」

「什麼叫做你太忙，病人太多？病人太多不是藉口，該做好的就要做好，醫院ISO怎麼規定你就應該怎麼做，沒有第二句話。」

而讓我印象最深刻的事，就是在某次病房會議時，她進來就座後，接著進來的五個學妹都被她唸了一頓！第一個學妹進來，她說：「小慈，妳的讀書報告呢？我已經催過妳多少次了，妳知道妳的績效已經不夠扣了嗎？」換第二個學妹進來，「小雯，妳QCC（註二）到底什麼時候開會，為什麼都沒有照之前安排的進度？妳以為我很忙我就忘記了嗎？」第三個學妹也進來了，「阿敏，妳來得剛好，都已經過了一個禮拜又五天了，護品分析到現在還沒有給我，沒關係啦，我知道我們感情不好，你要害我被督導念就這樣對我啦。」第四和第五個學妹一起說說笑笑走了進來，「妳們兩個，學長姊到底有沒有督促指導妳們寫臨床個案分析？趕快寫一寫、趕快進階啊，難道你們想要當百年N1嗎？」

我只能說，她太厲害了，難怪最難當的護品組組長要讓她當，責任一堆的主管位置要讓她做。

她是韓劇迷

護士工作又苦又累，上個班就會耗掉所有的體力和精力。而她工作後善待自己的方式，就是守在電視機前面看韓劇，或者去吃頓韓味十足的簡餐。

記得有一次，單位派我和她去參加國防部舉辦的「生物防護作戰訓練」，因為上課和操練長達一、兩個禮拜。那陣子，晚上在宿舍休息時，我們會跑去買一些零嘴，然後陪她窩在電視機前面看韓劇。

我只能說，還好她不是我太太，不然我們會因為看電視習慣不同大打出手。我習慣固定在一臺，一直看到節目結束，而她卻這部《大長今》看了五分鐘，轉到下一臺看《宮之野蠻王妃》十分鐘，然後再轉到下一臺《豪傑春香》看五分鐘，然後再跳回去看《大長今》。短短兩個小時，她可以看完五部韓劇。

她是女福爾摩斯

剛剛當上Leader的學妹，怯生生地跟著她和大家開會，報告她當班發生的一些事。學妹說：「一位四十五歲的男性病患，因為肚子被刀子刺傷，住進外科加護病房。」

學姊：「他被什麼刀子刺傷？菜刀、水果刀，還是開山刀？幾公分長？是只有一面刀刃，還是兩面刀刃？是乾淨的，還是生鏽的？」

學妹：「學姊，應該只是水果刀，我不知道有沒有生鏽耶。」

學姊：「應該？那你知道他刺在肚子哪個部位嗎？左上左下？右上右下？還是肚臍周圍？生命徵象如何？有休克症狀嗎？」

學妹：「我不知道耶，學姊。」

學姊：「你不知道刺在哪，不知道刀子幾公分，也不知道刺進去多深，你怎麼去評估它的嚴重度？怎麼知道哪些器官或血管受傷？這些都不知道，怎麼去救這個病人？你既然是Leader，就應該要去問清楚這些事情啊，不然其他主管或長官問起，我們一問三不知，怎麼說得過去？那你知道是誰帶他來的嗎？是自殺還是他殺？」

學妹：「……」

學姊：「等一下來辦公室找我，我會好好教你以後碰到這種情形要怎麼處理。」

呼，這個聰明能幹的女子，厲害的程度，連那種講原住民話語的六、七十歲獨居老人，她也可以想盡辦法找到遠在西部的兒子，打電話跟她兒子講述媽媽的狀況，請他趕過來看他媽媽。

她是個溫柔的護士，可以一邊安撫號啕大哭的孩子和緊張的爸媽，一邊打好點滴。

她是個細心的護士，她會仔細地跟病患說明每個檢查和治療，告訴他們抽血報告需要多久才會出來，對他們做衛教，指導應該要注意的事情，她也會在意病患的病情變化，隨時請醫師去做評估和病情解釋。

她是個公私分明的護士。工作時就是主管的樣子，下了班可以和同仁開開心心去吃飯，一起去逛街或唱歌。

她是個願意教導人的護士。學弟、學妹不懂沒關係，只要你願意學，她就願意教，一點兒也不會吝嗇。

她是個還有很多、很多說不完優點的好護士，她是個……醫院和護理界該好好珍惜的好護士。

註一：每家醫院都設有供應室或供應中心，一些使用過的醫療器械，會集中送到供應室消毒，而後採無菌密封器械的包裝方式，再送回各所屬單位。

註二：QCC（Quality Control Circle），品管圈，在醫院內舉辦品管圈活動，指由第一線監督人員及實際操作人員組成人數不多的小組，就服務品質、病人安全、降低感染等項目，提出自主管理及改善方法，各醫院藉各品管圈小組的成果評比，獎勵各單位自主提昇服務品質與改善就醫安全。

膚慰病苦的志工

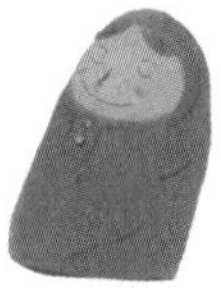

因為有師兄師姊，我們可以把更多心力花在照顧病患身上，工作時不再覺得肩頭的擔子這麼沉重；病痛充滿的醫院，也變成了灑滿暖暖陽光的家。

提到「家」這個字，你會想到哪些詞？歸屬感、安全感、心靈的故鄉、避風港、溫暖、爸爸媽媽、落葉歸根、自己的小窩……。當然，「家」也有可能是傷害的，但我相信大家都希望有個能陪伴自己成長的家，能夠成為支持自己前進的一個力量。而在慈濟，就是很強調這種家的感覺，就像慈濟人常常一面唱一面比手語的歌：「……因為我們是一家人，相依相信，彼此都感恩。因為我們是一家人，分擔分享，彼此的人生……」慈濟大家庭裡的大家長證嚴上人，很疼惜我們這群外出的孩子，總常常叮嚀慈誠爸爸、懿德媽媽，好好照顧我們，讓我們雖然離開了成長的家，但來到慈濟，一樣擁有另一個溫暖的家。

記得我還在讀慈濟大學時，我的懿德媽媽是水媽媽。她雖然很忙，每個月還是會抽出一天，千里迢迢跑來花蓮看我們這群孩子，即使後來畢業了，她還是會偶而打電話到我臺北的家，詢問媽媽我的近況，關心我。反而是我，像個浪跡天涯的遊子，偶爾在夜深人靜時，才會想起她溫柔的關心。

現在，我到了急診室工作，那更像一個家了。在急診的志工雖然來來去去，但有一些家住花蓮的急診常住師兄、師姊，幾乎每天都會出現在急診室，陪著我們一起忙碌，甚至成為我們得力的幫手。

吳師兄比較安靜，但他都會默默地做許多事，看我們哪裡缺床，哪裡床單需要更新，或者有檢體要送，有病患要推去送檢查，他都做得很認真。還有位日本籍的師兄，我們都叫他「多桑」，是個外表英俊的中年男子，雖然中文不好，可是他聽得懂全醫院的單位名稱，只要幾個簡單的詞，加上比手畫腳，他就立刻幫你辦得俐落乾淨。他很認真，備有中文小筆記本，把他聽到的詞，用日本發音寫下來，其他的師兄、師姊，也很喜歡找他閒聊兼學日語。

小夜班則有兩位——鳳梨師兄和水果師兄。鳳梨師兄是個壯漢，除了來急診當志工外，有時候同仁要搬家，他的小卡車和他本人都會加入搬家行列，讓我們不會為這種事煩惱。水果師兄則是很疼惜我們這群孩子，怕我們餓著了，常常帶一堆水果，或者抓餅這些東西給我們吃，而他也像個交際高手，醫院不論哪個單位的醫護人員，他都可以跟人家聊上兩句，然後變成「麻吉」。

此外，還有很多非常認真且對家屬、病患、對我們都很好的師兄、師姊，如在慈濟醫院還是一片田與池塘時就在做慈濟的瑛琚師兄，蘇師兄、鍾古師兄、博師兄、阿義師兄、藍師兄、美國來的沈師姊，另外，急診的慈誠爸爸賴師兄，他可是當過英文報紙副總編輯，又在日本當過駐地記者的急診臥虎藏龍之特異人才。這些許許多多在急診來來去去的師兄、師姊，讓我們的急診室變得很有人情味。

但是對我們最好的，好到可以直接叫媽媽，就是我們急診的懿德媽媽——祝女師姊。她怕我們吃得不夠營養，常常煮一鍋鍋美味的食物，放在休息室讓我們享用；她的口袋常常有餅乾、糖果，看我們忙到沒時間去吃飯、喝水，就塞給我們墊肚子；她常常邀請同仁下班後到她家吃飯，或者跟著我們一起出門郊遊，讓我們可以像家人般聚在一起，開心地吃飯聊天；她看到我們被病患罵或者受委曲了，會私底下安慰我們，為我們加油打氣；她看到我們有哪裡做不好的，也會私底下提醒我們。

她的個子矮矮胖胖，衝勁十足，笑聲爽朗，走到哪裡，就把歡樂帶到哪裡。雖然她是臺北人，但她把自己全心全力都奉獻給了慈濟，除了每個月一次回臺北收功德款，每天都會出現在急診陪伴我們。她甚至在醫院附近買了一間小公寓，打算長久住在花蓮，每天陪伴我們這群急診的孩子。

有一次單位聚餐時，她跟我談起了單位的種種。她說：「彥範，你知道嗎，精舍的師父們都很關心你們耶，見面的時候，他們都會問說我們這群孩子過得好不好。精舍種的那些菜，不論是青木瓜，還是地瓜，喝別人送來的過期牛奶長大的菜，師父都會想到先拿給我，要我弄些好吃的給你們吃。」我想，如果祝女師姊不說，我們永遠也不會知道，原來這麼多的師父在關心我們，這麼多的師兄師姊在陪伴著我們，我們都被他們當作寶貝在呵護著。

因為有師兄師姊，我們可以把更多心力花在照顧病患身上；因為有師兄師姊，我們更有機會做到身心靈全方位的照護；因為有師兄師姊，工作時不再覺得肩頭的擔子這麼沉重；因為有師兄師姊，病痛充滿的醫院，也變成了灑滿暖暖陽光的家。

暖暖LULU姊

在急診能夠存活下來的醫護人員，都有一定程度的才智與強悍性格，而她一個人要管住三十幾個急診護理人員，不是狠角色不行。

「胖妹，快把chest tube（胸管）拿過來！」「胖妹，快點把病患送上去ICU（加護病房）！什麼？你說什麼還沒做？你有沒有搞錯啊，這裡是急診又不是ICU，那種事上ICU做就好了。怕什麼，有事的話我給你靠，他們要是敢說什麼，叫他們直接來跟我說。」

在某次小聚餐，我們的護理長Lulu姊談起了以前她還是個沒經驗的小護士時所發生的一些趣事。當時的急診主任趙凱醫師記不住她的名字，只會叫她「胖妹」。沒想到，幾年過後，這個胖妹已經成為我們急診的護理長了。

當我剛踏進急診室成為急診新人時，我聽大家都喊她「Lulu姊」，只知道她的護士帽很特別，上面有一條藍色槓槓，過了好幾天才明白那條藍槓槓代表她就是副護理長。那時，我真的是「剉咧等」（臺語，皮繃緊害怕著等發落的意思），因為其他學姊跟我說護理長安排了兩個單位「最」優秀的學姊來帶我，一個是學理很強動作也很乾淨俐落的培欣姊，一個則是記憶力很強動作很快的Lulu姊。

過了好幾年，才聽其他人說，真相是因為我來自消防隊，他們怕我是個又抽菸、又喝酒、又愛搞怪的新人，所以找了單位兩個最棒的學姊來治我。可惜我是個「小俗仔」，吃軟不吃硬，所以在她們兩位學姊硬梆梆的教導下，痛苦地度過了一個月的試用期。二位學姊吃了熊心豹子膽，很勇敢地讓表現不好的我留了下來；我也一起吃了熊心豹子膽，知道自己明明已經嚴重憂鬱，但還是選擇留下來。

Lulu姊是個很聰明也有智慧的人。在急診能夠存活下來的醫護人員，都有一定程度的才智與強悍性格，而她一個人要管住三十幾個急診護理人員，不是狠角色不行。

當她還只是副護理長時，有時候要值行政班，處理單位上的行政業務。當時的護理長都很放心把事情交給她，因為她會一件一件有條不紊地處理好，如期把報告或結果交出去。而她值行政班時，如果看到診間太忙，還會先丟下行政的工作，出來幫忙我們，直到忙碌告一個段落或者病患比較少了，她才回辦公室繼續忙自己的事。所以只要她在，大家上班時都會很放心。英文沒把握的同仁看到她也很放心，因為碰到外國人或者外籍看護只能用英文溝通時，Lulu姊就會被拉去當英文翻譯，讓醫療照護的工作可以順利進行。

後來，原本的護理長離開了，她暫代護理長的位置，那一段時間，我想應該是她工作的黑暗期吧。她的責任不但加重，整個急診單位還必須從舊大樓搬到新的合心樓一樓，新的環境格局不一樣，工作動向不一樣，許多工作流程也跟著變了，全單位都還在適應階段，許多大大小小的雜事就在爭吵中此起彼落。而她，成了當中要取捨平衡和調停的重要人物。更慘烈的是搬到新大樓後，同仁們開始一個個離職，最誇張的時期，我們流失掉三分之一的護理人員，在醫院單位裡，也找不到足夠的護理人員來急診支援，因為全院幾乎每個病房都缺人。那時，關在辦公室裡面的她默默流淚煩惱；走出辦公室外的她，卻一臉堅強和副護理長大炳鼓勵大家一起努力度過。大家上七、八天班放一天假，有時候要上十二小時的班，沒關係，他們兩個主管也如此做，一個顧白天十二小時，一個顧晚上十二小時，Lulu姊有時還得利用下班時間處理行政工作。

那段黑暗期，我也變成學長開始帶新人，為了建立學長的威信，跑去買了一個「愛的小手」，就是藤條上面加一個小手可以用來打手心。每當學妹做錯事時，我就拿那支愛的小手打桌子嚇嚇她。學妹獨立後，那支愛的小手落到了Lulu姊的手上。不知道是不是那支小手給她的靈感，她偷偷地頒布了一個規矩：「學弟妹犯錯的話，要由帶他們獨立的學長姊代替受罰。這樣，學長姊就不會認為帶獨立後就沒事了，還會繼續督促學弟妹進步。同樣的，學長姊犯錯由自己帶的學弟妹受罰，他們平常會因為學弟妹犯錯而常常被罰，由學弟妹代替受罰是應該的。」當然，Lulu姊不會真的用力處罰，都是在笑笑鬧鬧中，意思意思打一下。因為她是帶我的學姊，我犯錯時她就要被打，有時不小心犯太多錯，她會嚷嚷：「你們把我打昏好了啦，誰叫我是阿範的學姊。」大家犯錯的地方，她也會在交班前的會議上提出來，並詳述正確的知識或者作法，讓大家在臨床工作上可以做得更好。而這支「愛的小手」懲罰條約，似乎也讓同仁們之間的感情變得更好。就這樣，不知不覺，我們度過了那段黑暗期，她也悄悄地變成了我們單位正式的護理長。

有一天，中午十二點左右，我送一個阿伯去住內科加護病房，途中經過了醫院的咖啡店。看到很多護理長已經坐在裡面開心地吃飯聊天，我想起在早上會議時，Lulu姊說她中午要開個行政會議，暫時不在急診。但我回到急診室時，卻看到她在幫一個病患打點滴。我趕緊跟她說：「Lulu姊，你不是要開會，一群護理長都在二樓咖啡店吃午餐了，你怎麼不趕快去？」她白了我一眼：「你沒看到這裡忙成這樣嗎？誰叫我是苦命的急診護理長！」

她真是一個貼心的急診護理長。通常她的班是早上八點到下午五點半，中午十二點到一點半是她的午休時間，中午一到，她不是立刻閃人不見，而是先出來診間幫忙我們，讓我們每個同仁可以輪流去吃飯，直到大家都差不多吃飽後，她才去吃飯。Lulu姊的媽媽是做菜高手，常常寄一堆好吃的滷味到醫院，Lulu姊就把那堆食物放在冰箱，主動幫同仁的午餐加菜，讓大家可以吃得好一點、飽一點。

同仁公事要找她幫忙，私事也要找她幫忙。同仁快樂時要找她分享，難過時也要她一起承擔。上班時大家忙著找Lulu姊，下了班大家還是忙著找Lulu姊。她的上班時間不只八小時，因為她上班和下班的界線已經分不清了。

這間急診室，因為有這位護理長，顯得人性化多了，有趣多了，也溫暖多了。

騎著野狼機車的EMT教官

需要醫護人員的地方卻不是只集中在醫院，所以出了急診的大門，不論上山下海，大炳學長總是能把他的救護專業送到有需要的人面前。

已經忘記怎樣認識大炳學長了，只知道認識他的時候，他就已經很有名氣了。

我還在吉安消防隊服替代役的日子，就常常看到大炳學長騎著帥氣的野狼機車，往吉安消防隊跑。每個義消和警消都好像他的拜把弟兄，每個人都可天南地北地聊。雖然，那時我總是閃得遠遠的，但他應該也是在那時候認識我的吧？我猜他在想：有個護理系畢業的男生，將來等他退伍可以拉他進去急診室，擴充一下急診的男性弱勢團體，只是他看起來很難搞、很難親近。

第一次和他有比較密集的互動，是代表花蓮縣消防局去參加「消防署盃緊急救護技術評比」。大炳學長有一個很閃亮的頭銜：「東部唯一的EMT（緊急救護技術）訓練教官」，他理所當然成為我們集訓的教官。當時，覺得滿辛苦的，每個步驟、每個流程、每個動作，都要一直反覆的練習，直到準確到位、直到變成你的反射動作。那一次，我幫他贏得了替代役組第二名的獎盃，他從南投一直開心到花蓮，拿著獎盃，在急診室主任面前晃了好幾圈。

「阿姨……阿姨、阿姨、阿姨……，診間病人要照電光，感恩、謝謝、勞力（臺語）。」每次在急診聽到一個雷公聲音在廣播這句話時，就知道是大炳了。腰間一公斤重的鑰匙碰撞聲，和輪廓很深的五官，都是他的正字標記。這就是他，個性豪爽，不拘小節。常常吆喝同仁下班後一起去吃飯，一起去文山溫泉泡湯，或者到七星潭碳烤、看星星。他也很樂於分享，常在中秋節貢獻出他的家，讓大家可以快樂地聊天到半夜。他就是急診護理站的大哥，而我們就是他認定理所當然要照顧的小弟、小妹。

大炳學長說過這麼一句話：「我心目中最大的理想，就是把護理送到病患面前。」所以，與院外緊急救護有關的項目，不論是空中救護、大量傷患救護、高山偏遠地區醫療、核生化災害救護、到院前緊急救護、雪地醫療緊急救護，他都是專家，也是急診小護士學習的對象和目標。

急診大門就這麼一個，但需要醫護人員的地方卻不是只集中在醫院，所以出了急診的大門，不論上山下海，大炳學長總是能把他的救護專業送到有需要的人面前。譬如，二〇〇一年桃芝颱風狂掃花蓮，大興村被土石流淹沒全毀，爸媽還住在那兒的他，衝到了災區和大家一起搶救生命、搶救家園，神奇的是土石流衝到他家上方時，突然轉彎繞了過去，所以他們家雖然四周都是土石，卻平安無事矗立在滿目瘡痍、二層樓高的土石流之間，應該是平日好事做得多，有做有保佑。二〇〇三年伊朗大地震，他和醫院許多醫護人員立刻組團飛去伊朗，直接站在最前線給予當地醫療直接的幫助。二〇〇四年南亞大海嘯，他也是立刻收拾行李，和一堆慈濟人飛出國，投入救災義診的行列。花蓮慈濟醫學中心第一位男性護理人員，果然不是浪得虛名，他就像展翅翱翔的蒼鷹，沒有高山阻礙得了，他讓自己的護理天地，無限地往外拓展。我想，他應該是證嚴上人的其中一個寶貝吧，代替上人到世界各地，去實踐菩薩道，就像我們護理部的宗旨：「菩薩心，隨處現，聞聲救苦我最先。」他的故事也真的太精采了，精彩到變成大愛電視臺大愛劇場《幸福時光》的男主角，直接演出他自己，把一幕幕急診的故事透過電視呈現在大家面前。

雖然，學長偶而會懶得點班，害我們被護理部評值委員評核時扣了分。雖然，他偶而會睡過了頭，沒有到醫院開會或者準時在某個邀他當講師的訓練班出現，讓醫院的同仁狂打電話call他，讓下班的同仁衝去他家猛按電鈴叫他起床。但是，就好像每個都有優缺點的人一樣，那些都只是一個杯子上的小小缺角。對急診室所有的同仁來說，他是不可或缺的一員，不論在院內或者院外的緊急醫療救護，他都帶給我們很多的幫助和學習，也把很多的歡樂帶進了急診室。

聽說學生時代的大炳學長，非常熱愛爬山。有時候，也會聽他講述騎著最愛的野狼機車四處遨遊。我相信，滿是大山大水的花蓮，一定把他的人、他的心黏得又牢又死，讓他甘心樂意在這裡付出，「勞心勞力」、一步步地完成他的護理夢想。

朱媽

有時候，別的學姊會跑來鼓勵我，一定要繼續撐下去，熬過試用期就好了，不要被她打敗，不然她的「新人殺手」封號又要重出江湖了。

她的外號叫做朱媽，是在我試用期間訓練我獨立的其中一個直屬學姊。她是個完美主義者，所以不想承認表現不太理想的我是她帶出來的。我只好無奈的回應：「好吧，人家都不認我了，那我也不好意思死賴著認她當直屬學姊。」

當其他的學姊知道我的直屬學姊是她時，都先掩嘴偷笑一番，然後用一個「你要堅強啊！孩子！」的眼神看我，拍拍我的肩膀說：「不錯啊，給朱媽帶，你會成長得很快。她的醫學學理是我們這邊最強的，認真學的話，可以從她那邊學到很多。」說完，搖搖頭，悠悠地飄走。到底怎麼了？才剛來上班，就讓我不寒而慄，從頭皮發涼到腳底。

前兩個禮拜，壓力是有，但還承受得住。剛退伍就來上班的我，早就把大學時學的東西還給老師了。（其實也還的不多啦，因為以前不認真，沒有學多少，所以也沒什麼好還的。）第一天認識了一下環境，感受一下急診快、狠、準的氣氛，然後第三天就開始了我人生的第六次抽血打針（大學實習時好像只打過五次），背一堆急診常用藥以及藥擺設的位置。這一個禮拜，我只有狠狠地被藥物和病患的血管修理，因為我總背不起所有的藥的作用、副作用、劑量以及擺設的位置，而病患的血管粗細也不一樣，環肥燕瘦各有千秋，苦的是打針的我和被我打針的病人。

後兩個禮拜，朱媽開始發功：無敵碎碎念之功。

「你光是打個針就要打二十分鐘（其實我只花了五分鐘），插個尿管就要十五分鐘（其實我也只花了五分鐘），我看等你弄完一個病人，天也就黑了。」

「今天已經第三個禮拜了，你到現在還不知道這個藥的劑量和該注意的事項，那你回去讀書都讀到哪去了？」

「李先生，你打完針就請把垃圾收一收，難道要後面使用的那個人幫你收嗎？」

「你難道不知道UGI bleeding（上消化道出血）的病患有可能要輸血嗎？你不直接用輸血set（點滴管）而是用一般set，不覺得很浪費醫材嗎？而且輸血要用二十號cath（留置針），你打二十二號，是要叫我們等一下重打嗎？」

「李先生，已經是最後一個禮拜了，我只讓你照顧三個病患，交班就交得亂七八糟，再幾天你就要獨立了，到時候你最多要照顧十三床的病人，看你怎麼辦……」

「李先生，你……」

有時候，別的學姊會跑來鼓勵我，一定要繼續撐下去，熬過試用期就好了，不要被她打敗，不然她的「新人殺手」封號又要重出江湖了。每一天下班時，除了腿痠肚子餓嘴巴渴外，還會外加耳朵痛和頭痛。那一段時間，禱告得特別勤、特別用力，相信我只能靠著上帝，才能抵抗這些排山倒海般的無情考驗。每天上班前總要大力禱告，給自己建立百分百的信心，彷彿這樣，才夠本錢讓她摧殘。

直到後來，我才發現不只我，很多比她年輕的學姊，都滿怕她的。當和她一起上班時，或多或少都會被她念幾句；當其他人發現要交班給她時，會加倍的努力看仔細病歷的每一句話，免得被她電得金光閃閃，即使漏記帳一個耳溫套，她也可以碎碎念。有個學姊講了一句很經典的話：「被她瞪一眼，不用被罵，就覺得自己好像白癡一樣。」或許她就和那些道上兄弟一樣，他們開頭要講髒話才知道接下來要怎麼講，不然講話會結巴；而朱媽，她就是要電人幾句，碎碎念個幾句，做事才會順手，不然會覺得卡手卡腳的。

而被她照顧到的病患是很幸福的，雖然有時聽她對病患衛教像是在教訓，但就是因為她的醫學知識太豐富了，可以看到醫生忽略的地方，也可以看到病患需要幫助的地方，病患可以得到很棒的醫療服務品質。

但是，人非聖賢，誰能無過？急診就是個常常讓你忙到分身乏術的地方，所以有時候會發現她沒簽到醫囑，甚至有一次藥單沒有填正確，我頑皮地想說服接班的學姊：「朱媽學姊犯錯了，叫她過來罵一頓，讓她知道自己也是會犯這種錯。」那群打死她們都不敢做的學姊回答我：「姓李的，你好大的膽子，你自己去做啊，我才不要去自找麻煩。」當然，我承認我是俗辣（臺語，沒膽的人），我也不敢跟她說。

曾有一段時間，我和學姊聊天時，有意無意會問到她的事，我很想知道，她是不是真的很難以接近？單位有沒有誰和她很要好，可以聊心事的？但我發現大家和她總是禮尚往來，或者單純的禮貌交談。大家只知道，她很喜歡出國旅行，每年都會去外面看看世界，她甚至可以為了旅行而辭掉工作。我想，不同的文化，不同的視野，真的很吸引她吧。

我偶而會為她的孤單感到疼惜，但只維持了一天半，因為她的無敵碎碎念擊垮了我對她的憐憫。

過度換氣的守護天使

我算是帶著她一起在工作上成長的人，怎知她的笑聲，她的眼淚，她的積極態度，反過來教訓了我，點醒了逐漸在工作上麻痺的我。

「學長……」我被憶菁學妹叫住，看著情緒激動的她，心裡一驚：不會吧，她的過度換氣又要開始發作了嗎？

她的眼淚開始在眼角打轉，但嘴角卻一直猛笑著：「救回來了！阿婆救回來了！」

「很感動，對不對！」我笑著回應。我知道我不必多說什麼，因為，她會把這個感動刻在心裡，很久很久。

那是某個清晨，一個阿嬤因為DOA（到院前已死亡）被一一九送入急診，當我們確定阿嬤已經沒呼吸沒脈搏後，立刻開始為她急救。而憶菁學妹正是阿嬤的主護，她必須當起急救小組的小組長。我心裡不禁抽了一下，每個組員都比她資深，她會不會害怕而不敢放膽下醫囑？我趕緊鼓勵著她：「憶菁，妳現在要指揮我們，誰做什麼、誰做什麼，不要怕！加油！」

我這樣擔憂不是沒有原因的。她進來急診後碰到第一個DOA病患，當醫師決定宣布急救無效時，她兩行眼淚「啪」地瞬間掉下，難過得無法繼續整理病歷，而這種情緒持續了好幾天，也深深地影響到那時的工作表現。原本以為她只有多愁善感的問題，沒想到有次因為大量的病患、大量的醫囑，她應付不來，開始過度換氣，打了兩三支鎮定劑才穩下來。而在她快要通過測試、開始獨立作業時，又碰到了另一個急症病患，不但骨折又腦內出血，除了不斷地輸血和給急救藥外，中間穿插了幾次急救，會診了四科的醫師，但病患的血壓還是一直掉，複雜又緊湊的過程終於壓得她承受不住，開始呼吸愈來愈急促。我只好先接手，處理好病患、整理好病歷，等到弄得差不多了，我衝出急救室（註）大叫：「陳憶菁……妳在哪裡？」還好，一下子就發現她窩在鉛板旁，雖然又開始過度換氣發作，但有學姊在旁邊陪伴她，我可以繼續進去照顧病患。

她真的是我見過最笨但又最適合當護士的學妹。為什麼這樣說？譬如我考她：「一瓶五百毫克的止痛針劑，用生理食鹽水十西西稀釋之後會變成多少毫克？」她可以一直堅持答案是五千毫克，我花了十五分鐘才讓她懂這些數學問題。而急救車的藥，同一種藥要反覆考十遍以上，她才會記得劑量和用法。我鼓勵

她：「我也跟妳一樣笨啊，急診的藥就是那麼多、那麼複雜、那麼難背，妳只要反覆地背，不要放棄，總有一天會背起來的。」而好玩的是，我問一個問題，她超愛舉一反三、講一堆其他我沒問的東西，讓我知道她有哪些奇奇怪怪或不正確的知識，可以適時教導改正。

至於為什麼她最適合當護士？因為我看到了她與眾多護士不同的特質。很多醫護人員，在臨床上這種高壓又忙碌的環境做久了，早就對工作麻痺了，對病患麻痺了。有些人以為自己是有同理心，其實是冷漠；有些人以為自己很聰明，其實不過是一成不變的機器；總是以為自己在照顧病患，其實只是在征服打敗一個疾病。而憶菁學妹卻有一張愛笑的臉，一顆悲天憫人的心，以及搶著做事的態度，那已經成為她特有的標籤和象徵，不會因為龐大又高壓的工作量，或者長久時間的磨練，就輕易地改變，輕易地降服在訓練有素的規範下。

喜樂的心乃是良藥，憂傷的靈誰能承受呢？她爽朗無遮攔的笑聲，是醫院裡最好的良藥；而那個敏感又視病猶親的特質，是病患在醫院裡得到最珍貴的禮物。而她積極的態度，總是讓人驚喜。

「我去做！」她總愛在第一時間拉著靜脈注射車就走，搶著去幫病患抽血打點滴。

「我知道答案！就是那個……」學妹在考別的學妹，她總愛著急地揮舞著雙手，搶著回答，然後再因為答錯而被罵。

「學長？怎麼辦，阿伯還在發燒都退不下來。」她總會為她照顧的病患擔心、憂愁。

從她一畢業後來到急診工作，我算是帶著她一起在工作上成長的人，我多希望能讓她愈來愈熱愛護理這份工作，不要在試用期就磨光了她的熱情。怎知她的笑聲，她的眼淚，她的積極態度，反過來教訓了我，點醒了逐漸在工作上麻痺的我。

證嚴上人說：「甘願做，歡喜受。」這句話是讓我選擇慈濟這份工作，又讓我繼續待下來努力不懈的動力來源之一。

如果可以，我希望妳可以繼續為病患流眼淚，可以繼續把妳的歡樂分享給病患，因為那是無比珍貴的至寶。我知道，以ISO標準評鑑或者其他人眼光來看，妳是不及格的，因為妳的速度不夠快，妳懂的醫護知識不夠多，妳無法像千手觀音處理好每一件事。唉，佛陀現今來此問病，不也不及格嗎？但那顆柔軟又疼惜他人的心，豈是ISO有權利評分的？我想，這也是〈佛陀問病圖〉仍舊高掛在醫院牆上，時時刻刻提醒我們的原因吧。

加油！憶菁學妹。妳已經選擇了最棒的行業當妳的工作，它不但是種奉獻，也是一份服事。未來的路，困難一定會有，軟弱也一定有，但請繼續堅持妳的選擇，和我們共同做病患的守護天使。

註：急救室是急診室內專門收治危急病人的區域。

後記

李彥範

從白色巨塔，到血汗醫院，護理人員在職場上工作的辛酸和委屈，已經隨著新聞媒體和網路不斷的曝光而傳播著。從踏入職場開始，我一直是最前線的血汗護士，我無法欺騙你，這個工作會帶給你多大的滿足感和成就感。只是在慈濟人文的薰陶下，我選擇了用文字告訴你正向和善的那一面，寫下我曾經經歷了哪些小小成長，得到過哪些小小成就感，我如何在後山的慈濟醫院當中，模塑自己成為想要的樣子。這裡的每篇文章，都是真實的故事；每個字句，都奉上我的誠實無欺。

南丁格爾為了把護理人員提升到專業的層次，下令她的護理學校學生，不但要讀各種基礎醫學奠定基礎，還要利用寒暑假去醫院實習，提升自己的技術和照護這塊領域。而這樣的傳承，也造就了護理人員焚膏繼晷的求學生涯。大一時，其他室友還在通宵玩樂時，我們已經開始狂背解剖學、生物化學、營養學和生理學上一個比一個還長的專有名詞；大二、大三的時候，有感覺到我的室友認真一些了，但是我們除了繼續拼病理、藥理、流行病學、微生物與免疫學等學科外，內外科護理學、精神護理、社區護理、婦產兒科護理、急重症護理……等也瘋狂的想塞進我們的腦袋。學期末的實習還不夠，還需要動用到寒暑假實習。將近一百五十個學分的大學生涯，其實我們還是想盡辦法打工、玩社團、談戀愛，做些大學生該做的事。只是學生時代的我們，就已經開始學習到：怎樣適應忙碌的生活。

我還記得某一次的實習，剛好寒流來襲，在宿舍到醫院的路上，全身冷得發抖，中央山脈的山頂還蓋滿了白雪。打算翹課睡到中午的室友，等等就要電我學理和藥物的老師及臨床學姊，還有不知道怎樣跟那兩位我所選的個案聊一整天，從他們身上挖寶挖到老師滿意。這種種的一切，讓當時的我對護理厭惡至極，甚至每次家聚時，我都跟學妹們說「畢業後不可能走護理」；我還慶幸自己沒有申請公費，不用畢業後被綁在慈濟醫院。

誰知如意算盤功力勝不過上帝，第一份工作是在東部青年志工中心當志工督導，被迫和大量人群接觸與溝通；第二份工作是在花蓮吉安消防隊服替代役，開啟我救人、救火、抓蜂捕蛇的當兵生活；第三份工作則是進了慈濟醫院，從急診室護理師，到氣喘個管師，到現在的內科病房護理師，一待就待了八、九年。……現在的我，有些後悔當初沒有申請公費，少賺一些錢；但我沒有後悔上帝的帶領，讓我走進護理這一行。

這本書是我在急診室階段，寫下的一篇篇文章。原本的我，個性內向又不善表達，學習能力差又進步緩慢，偏偏剛進急診室時，帶領我的輔導員聰明、記性好、個性也強悍鮮明（果然是急診一派的人！），讓我在難熬的新人時期，不知道該向誰傾訴工作上的疲憊和苦悶。向上帝傾訴和禱告，祂也總沉默不語，或許祂有說過，是我耳背不想聽。於是夜深人靜之時，我把這些心情都寫成一篇篇的文章，用幽默的方式記錄我的情緒，用感恩的態度紀錄我的成長。後來這些文章輾轉到了醫發處人文傳播室曾慶方師姊手上，得到了她的青睞，開始在《志為護理》雙月刊上開闢「E.R男丁手記」專欄，刊登我寫的文章，也積極地幫我找出版社，想要幫我出書，讓更多人看到我的作品。

不過這已經是四年前的事情了。原本以為這事已經石沉大海，卻突然收到消息，經典雜誌願意幫我出書。在這樣敏感的時刻出書，我真的不得不相信有上帝的安排與帶領，臺灣護士荒遠超過我的護理生涯，但這一、兩年流竄出一堆血汗醫院、護士上班打卡制下班責任制、臨床護士被當作高級女傭／男僕、護理人員過勞死……等等的負面新聞，不論數量或宣傳程度，都遠遠超過之前的幾十年；我們也面臨到畢業的護生不敢到臨床就業，或者剛工作的護理師發生臨床休克（clinical shock）而選擇相繼離職的困境。

但我想透過這本書告訴你，護理師這個行業，值得你繼續堅持下去，它也沒有你想像的那麼糟。穿上護士服，你就是一個哲學家，你閱覽著許多人的生老病死，參與著他們的生命；你就是一個藝術家，你用溫柔修補著人體身上的破碎和疼痛；你同時是一個科學家，運用你的專業和知識，去讓衰敗的生命走向健康、或者尊嚴死去。或許有些臨床的病患家屬可能使喚你如下人，但你不必就此感到氣餒，彎下腰來服事他們更顯出自己的氣度和高度；或許有些臨床的醫師不尊重你，但你在他們面前不必低頭自慚，專業的醫療沒有搭配專業的護理，就像一鍋好湯卻少了調味的鹽，就像舒適的房間卻忘記裝上燈和通風的窗戶，唯有醫護團隊相互合作，病患和家屬才有辦法得到完整的高品質服務。

我相信每一位護理師的工作過程，都有值得分享、可以鼓勵人心的故事。今天，透過這本書和大家分享我的護理生命，也期待聽到、看到你們的，幾句話也好，一篇文章更棒，請在Facebook（臉書交友網站）上面搜尋我的名字「李彥範」，把我加為好友，把你的感受、故事也分享給我，我真的已經迫不及待了。也期許我們一起繼續在護理職場上努力，創造出更多動人的故事。

二〇一二年三月二十三日

編按：本書付印時，作者已經升任夜間值班的副護理長，正如提燈的南丁格爾女士一般，默默在夜晚，穿梭守護花蓮慈濟醫院的每個病房角落。

內文英文名詞索引

- AAD：Against Advise Discharge，自動出院同意書
- ACLS：Advanced Cardiac Life Support， 高級心臟救命術
- Ambu：甦醒球
- APTT：Activated Partial Thromboplastin Time，活性部分血栓時間，篩檢凝血因子是否異常
- BCS：生化檢驗
- B/C：血液培養
- Blood Gas：動脈血氣體
- Blood Suger：血糖
- By Order：執行醫囑
- Bosmin：心臟急救藥
- Call：打電話
- Case：個案
- Cath：又叫軟針，吊點滴時要先打一支軟針在靜脈血管上，才接點滴
- CBC：血液檢驗
- Chest Tube：胸管

- Clinical Shock：臨床休克
- CPR：心肺復甦術
- Critical Patient：重症病患
- Conscious Change：意識改變
- Drip：指的是靜脈滴注，藥會加到點滴瓶中或者加到點滴精密科度瓶中慢慢滴
- DJ：Disc Jockey，音樂播放者
- DOA：Dead on Arrival，到院前死亡
- EMT： Emergency Medical Technician緊急救護技術員
- Ethanol：乙醇，在本書文中指酒精濃度測試
- Facebook：臉書交友網站
- GCS：葛氏昏迷指數
- HIV Positive：HIV指愛滋病（AIDS-Acquired Immunodeficiency Syndrone）血液篩檢，Positive指篩檢呈陽性反應
- HN：Head Nurse的縮寫，意指護理長
- Hypoglycemia：低血糖
- ICH：顱內出血
- ICU：Intensive Care Unit，加護病房

- IM：肌肉注射
- IV：靜脈注射
- IV車：注射工作車
- Jelly：潤滑液
- Keto, Ketorolac：止痛劑
- Ketoprofen：止痛劑
- Leader：護理小組長
- Mail：電子郵件
- Mg：毫克
- N1、N2、N3、N4：護理進階制度，N1是最低階，N4是最高階，護理長通常都具N3、N4資格
- N/S：生理食鹽水
- NSAIDs：Nonsteroidal Anti-inflammatory Drug 非類固醇抗炎藥物
- N95：醫療專業用口罩
- On Cath：打點滴
- On Endo：插氣管內管，接上呼吸器幫病患呼吸
- Order：醫囑

- Paper：論文
- Paperwork：紙本作業
- Primperan：止吐劑
- Profenid：止痛劑
- Push：指的是靜脈注射，抽好藥後直接快速打入血管中
- QCC：Quality Control Circle 品管圈
- Routine：例行業務
- SARS：Severe Acute Respiratory Syndrome 嚴重急性呼吸道症候群
- Smart：聰明
- Table Show：晚餐秀
- UGI Bleeding：上消化道出血
- Vital Sign：生命徵象

國家圖書館出版品預行編目資料

ER男丁格爾 / 李彥範著.
-- 初版. -- 臺北市：經典雜誌，慈濟傳播人文志業基金會，
2012.05　面；15 x 21公分
ISBN：978-986-6292-29-3（平裝）
855　　　101006453

ER男丁格爾

作　　者／李彥範
插　　畫／鄒明貴
發 行 人／王端正
總 編 輯／王志宏
叢書編輯／朱致賢、張嘉玲
責任編輯／羅月美、曾慶方
美術指導／邱金俊
美術編輯／林家琪
校　　訂／黃秋惠、吳宜芳、沈健民、吳宛霖
感恩花蓮慈濟醫學中心護理部、急診部、靜思人文志業公司、慈濟基金會醫療志業發展處人文傳播室
本書部分內容刊載於《志為護理——慈濟護理人文與科學》雙月刊
出 版 者／經典雜誌
　　　　　財團法人慈濟傳播人文志業基金會
地　　址／台北市北投區立德路二號
電　　話／02-28989991
劃撥帳號／19924552
戶　　名／經典雜誌
製版印刷／禹利電子分色有限公司
經 銷 商／聯合發行股份有限公司
地　　址／新北市新店區寶橋路235巷6弄6號2樓
電　　話／02-29178022
出版日期／2012年05月初版
定　　價／新台幣290元

ISBN 978-986-6292-29-3（平裝）
Printed in Taiwan